裁ち板と土

昭和と平成をまるごと生きた
一農婦の生涯

KOBAYASHI Chieko
小林 千枝子

文芸社

目次

この物語は、一九二六（大正十五）年に生まれ、二〇二一（令和三）年に九十五歳で亡くなった柿澤サキという、関東平野北部のある農村に生きた一農婦の生涯を伝えるものである。

タイトルにある「裁ち板」は和裁に欠かせない道具である。「土」は農業や農村を象徴する表現として用いた。

裁ち板と土

昭和と平成をまるごと生きた一農婦の生涯

一　柿

一

お父ちゃんが死んでから、五年たった。私は四十九歳。私はお父ちゃんが死んだときの年齢《とし》になったよ。この間に、一周忌に続いて、次の年に三回忌をやった。お父ちゃんはもういないんだということを、実感し続けることになったよ。

お父ちゃんと結婚したのは昭和二十三年の四月だったね。私は栃木県の生井村、お父ちゃんは埼玉県の利島村に住んでいた。県を跨ぐけど、互いの家はわりに近い。お見合いで出会ったんだよね。私は二十二歳。お父ちゃんは二十六歳だった。

お父ちゃんは戦地のビルマから無事に戻れたんだから、頑丈な人なんだと思ったよ。二十歳の徴兵検査を待たずに、昭和十五年に志願して戦地へ行ったたって聞いていたよ。そして家に仕送りしていたって。お父ちゃんは、長男として家族を守ろうと、若いときから一生懸命だったのかなあ。義妹たちが、「白馬に乗ったあんちゃんの写真が戦地から届いて、とっても格好良かった」と、よく言っていた。お父ちゃんは青年団活動で芝居をやっていたからだと思うけど、戦闘員でなく慰問団の一員になって、女《おん》形《な》もやったんだってね。

この五年の間に、再婚を勧める人もいたけど、そんな気にはまったくなれなかった。何もかも投げ捨てて死んじゃいたいと思ったこともあるよ。でも、子どもたちを育てあげなくちゃならないから、私はまだまだ死ぬわけにはいかない。そう思って必死だった。

お金の問題はいちばん大きかった。農業のない冬場に近くの工場に働きに出たこともあるよ。こんな田舎にも小さな工場ができたからね。ちょっとした組み立て作業だったけど、私は器用だからか、社長に褒められてね。そうすると、妬む人がいるんだよ。

「柿澤さんは、手だけじゃなく口も上手だからね」

私は言い返してやったよ。

「褒められるだけの仕事をしてから口をきけ」

私はバイクに乗れたからね。バイクで移動できるから、その点、ずいぶんと助かった。家の柿をとって袋詰めして、朝早くに売りに行ったこともあったよ。私がバイクの運転免許を取るって言ったら、お父ちゃん、言ったね。

「お母ちゃんが死んじゃう。そんなことしないでくれ」

私はこうして生きているよ。死んじゃったのは、お父ちゃんじゃないか。

お父ちゃんが死んだとき専門学校に通っていた長男の良樹が、無事に卒業して働くようになった。休みの日には家の仕事もやってくれている。だいぶん助かっている。いろいろと地域の仕事で男が出なくちゃならないときには出てくれている。

高校二年生だった長女の優子は、短大を出て、早くも二十一歳で結婚して家を出た。色白できれいな顔立ちの子だったし、急がなくても相手はいくらでもいると思ったけど、優子が結婚した人はけっこう大きな会社に勤めている人で、のちのち安心だと思ったんだ。私はちゃんと結納までやったよ。だから、優子はもう家にはいない。でも、近くにいるから、たまに家に来ているよ。

まだ小学生だった末っ子の美香子は高校二年生になったよ。大学に進学すると言って、夜遅くまで勉強しながら、家の手伝いもやってくれている。

ほんとうに、必死で過ごしたあっという間の五年間だった。

今は、良樹が車で通勤しながら働き、私が農業をやって、美香子が学校から帰ると、夕食の準備や風呂焚きもする。家に車があるし、なんとなく人並みになったという気もするよ。

来年は七回忌だね。お父ちゃんが死んだとき、この家は、もうつぶれるだろうなんて言った人がいると聞いたんだ。お父ちゃんはまだ四十九歳の働き盛りで、一家の大黒柱だった。収入の中心はお父ちゃんの給料だったから、そんなふうに言う人がいてもおかしくはなかったよね。暮らしていけなくなるだろうと思われても仕方ないよね。でも、そんなことは絶対にさせないと、私は強く思ったよ。

お父ちゃんは、結婚して間もなく、東京の赤羽まで働きに行くようになったね。稼ぎ手の私が嫁に来たから、人手が足りるようになったからかもしれないね。お義母《かあ》さんが病気で寝込んでいたし、生活は楽じゃなかったからね。鉄骨を組み立てる作業だった。はじめは農閑期だけ働きに行っていたけど、しだいに毎日行くようになっていったね。そうして、根気よく働き続けて、本採用になったんだよね。お父ちゃんの給料と私が中心にやっていた農業収入とで、まああの暮らしができるようになった。でも、私もお父ちゃんも、身体が悲鳴を上げるほどの大変さだった。

五年前、昭和四十五年のことだった。

生活は経済面でぎりぎりだった。私らは、お父ちゃんの父親のおじちゃんのことで大変な思いをしたね。お父ちゃんは昼間仕事に行って、帰るのが遅い日ばっかりだったから、なかなかわかってもらえなかったけど、私はおじちゃんに暴力を振るわれたこともあったし、つらかったよ。蛍光灯で殴られて傷だらけになった私の顔を見て、お父ちゃんもようやく本気で考えてくれるようになったんだよね。そうして、おじちゃんに施設に入ってもらったんだ。

暴力は私に振るうだけだったから、施設で受け入れてもらえたけど、その施設のお金もばかにならなかった。お父ちゃんは高血圧で薬を飲むようになっていたし、私もひとりで一町歩もの田んぼをやるのは容易じゃなかった。子どもたちが家のことを手伝ってくれたし、お父ちゃんも日曜日にはいっしょに野良に出てくれた。でも、毎日夜遅く帰ってきて、日曜日にまた仕事では身体がもたないと心配していた。私も相当に身体がきつかった。このままじゃ、どちらかが倒れると思っていた。

そんなとき、突然、おじちゃんが亡くなった。施設から連絡があって、あわてて二人で施設に行き、お父ちゃんの弟妹たちに連絡した。心不全だった。お父ちゃんが喪主になって葬式をやった。

おじちゃんの施設費も必要なくなったことから、お父ちゃんに言ったね。

「仕事をやめて農業に専念してほしい」

「そうしたら食べていけなくなる」

お父ちゃんはそう言い返した。食べていけないどころか、お父ちゃん、死んじゃったじゃないか。

お父ちゃんは、子どもたちを大学まで出したかったんだよね。

お父ちゃんは、学校の勉強はできたって聞いているよ。「金の卵」って言われていたってことも。でも、弟妹たちがいたし、母親は病気だったしで、小学校高等科までしか行けなかったんだよね。お父ちゃんが、なぜか泣きながら、寝床で本を読んでいた姿を覚えているよ。どんな気持ちで本を読んでいたんだろう。話しかけることが、私にはできなかった。

おじちゃんが亡くなってから、ひと月もたたないときだった。お父ちゃんが職場で倒れたと聞いて、まず私が病院に駆けつけたんだ。脳溢血だった。お父ちゃんはこう言ったよ。

「来たんかあ。悪かったなあ」

それが最後のことばで、夜になって子どもたちが来たときには、もう昏睡状態になっていた。何を悪かったと言ったんだろうって、ずいぶん考えたよ。

お父ちゃんは長男で跡継ぎだったけど、結婚してからいろいろあって、私たち夫婦は跡継ぎを放棄して、町場へ出たね。子どもたち三人は、その町場で生まれた。親子五人の生活は、貧しかったけど、楽しかったね。お父ちゃんが実家に戻ることを決めて、私も子どもたちもそれに従わざるを得なかったことを、悪かったと言ったのかなあ。

お父ちゃんは長男で長子。おじちゃんがしっかりしていなかったから、義弟妹たちの何人かが家出同然で東京へ出たし、お父ちゃんが、そういった義弟妹たちのことも考えていたことは、わかっていたよ。お父ちゃんの給料日に義妹が夕方、会社の前で待っていたと話したこともあったね。こっちだって生活が苦しいのに、と私は思ったよ。でも、お父ちゃんの気持ちも、義妹の状況も想像できたし、お父ちゃんがそういうことをちゃんと話してくれたことがうれしかったよ。そういうことを悪かったと言ったんじゃないよね。

おじちゃんが入所している施設に、お父ちゃんが行くよう私が言っても、おじちゃんが死ぬまで、お父ちゃんはとうとう行かなかったね。

「小学校に入学するとき、父親に連れて行ってもらっただろう」

私は、自分がそうだったから、こう言った。そうしたら、お父ちゃんは言った。

「俺は、祖父《じい》さんに連れて行ってもらった。親父の世話にはなってない」

そして、お父ちゃんは仕事に行っていたせいもあるけど、施設の費用を払いに、毎月、私がおじちゃんのところに行っていたね。そのたびに私はおじちゃんの服やら、好みそうな甘いもの、どら焼きとかを買って、持って行った。そういうふうに、施設に入ってから、おじちゃんの世話を私がやっていたのを悪かったと言ったのかなあ。でも、おじちゃんは私が行くのを待っていたし、そうなると、おじちゃんは働き者だったと、いいところに気づけて、私は嫌じゃなかったよ。

ああ、未成年の子どもたち三人のこれからのことも、みんな私が背負っていくことになるから、それを悪かったと言ったんだね。お父ちゃんは、もう、自分が死ぬこと、わかっていたんだね。実際、とくに金銭面のことが、いちばんの悩みになったよ。

そういえば、長女の優子が生まれて一、二年たったころだったかなあ。軍人恩給の支給を申請できるって、新聞に載っていたんだよね。戦地に行っていた人はかなり加算があったので、お父ちゃんも恩給受給者になれるんじゃないかと私が言って、申請したんだよね。その軍人恩給は、本人が死んでも、その配偶者に支給されるんだよ。私は、お父ちゃんが戦争に行ったおかげで、ずうっと死ぬまで受け取ることができるんだよ。軍人恩給だけじゃない。お父ちゃんが会社員だったから、遺族年金も来るようになったよ。こういうのはほんとうに助かっているよ。でも、それは生活費のほんの一部だった。子どもの学校のかかりは大変だったからね。

それでも、私は死ぬまでお父ちゃんがくれるこのお金をもらっていけるんだ。再婚したら、それはなくなるらしい。もちろん、だから再婚しなかったというわけではないよ。お父ちゃんは、死んでもなお私を支え続けてくれているってことだよ。

二

お父ちゃんは、東京の赤羽の勤務先で倒れた。それから、会社近くの小さな病院に五日間入院して逝っちゃったね。東京に住んでいたお父ちゃんの妹や弟たちが見舞いに来たね。ひとり部屋だったけど、建てつけがよくないのか、末の義妹が赤ん坊を抱いていて、その赤ん坊をあやすのに身体を絶えず揺らしていた。そのたびに床が動くように感じたよ。私は、昼間はそうした見舞客に対応していた。お父ちゃんは、スースー眠るだけだったね。医者はこう言った。

「まだ若いし心臓が丈夫だから、もう少しこのままの状態が続くだろう」

そうであっても、息絶えるのは、もう時間の問題だってことは、嫌でもわかった。

私は、葬式のことを考えないわけにはいかなくなった。おじちゃんのときもそうだったけど、葬式となると、隣保班*の人たちが、そろって家のなかに入って料理を用意したりする。和尚さんを迎える準備も必要だ。まずは掃除をしなければならない。おじちゃんのときは、家のことは私が中心になって子どもたちに手伝わせながらやったし、なんといってもお父ちゃんがいたから、気持ちが楽だった。

*班とか組内とも呼ばれる地域自治会内の最小の単位集団。一般に回覧板を回し合う集団でもある。

でも、今度はそういうわけにはいかない。しかも、私はこの病室を離れるわけにいかない。そこで、子どもたち三人のうちの上の二人を、家に帰らせることにした。良樹はもう身体は大人だから、家具を動かすことだってできる。優子は高校生だが、掃除はできる子だ。一番下の美香子はまだ小学生だけど、気の利く子で、そばにいてくれると助かったので、病院にいさせた。それが、十二月十八日の午前中だった。

その日の深夜、お父ちゃんは息を引き取った。医者が、心臓マッサージをした後、静かに言った。

「午後十一時二十八分です」

私は思わず「わーっ」と叫んだ。一瞬、気が狂いそうになった。美香子が泣きながらお父ちゃんの顔を両手でなでていた。

なんで今日なんだと、とっさに思った。子どもたち三人そろったところでお父ちゃんの最期を見守りたかった。なんで、と思った。でも、そんなことを考えているゆとりなんて、なかった。家に帰らせた子ども二人を早く呼び寄せなくちゃならない。でも、電車はもう走っていない。家に電話した後で、生井の実家に電話した。あんちゃんに、お父ちゃんが亡くなったことを話した。甥の勇が、あんちゃんといっしょに車で家まで行って、良樹と優子を乗せて東京まで来てくれることになった。良かった。いつもいつも、この二歳年上のあんちゃんに助けられてきた。なのに、このあんちゃんも……。

良樹と優子が勇の車に乗って、あんちゃんといっしょに病院に着いたときは、明け方近くなっていた。そうして、夜が明けてから、お父ちゃんの弟妹たちに電話で亡くなったことを知らせたんだ。その間に、看護婦さんが身体を拭いたりしてくれていたのだろうか。その間の記憶は、まるでなくなっている。霊安室などなく、病室から直接、霊柩車で家に帰ったように思う。

お父ちゃんは会社で倒れたからだと思うけど、霊柩車や棺の手配を会社がやってくれた。そして、私ひとりがお父ちゃんといっしょに霊柩車に乗って、家まで帰ったんだ。子どもたち三人は、勇の車で、あんちゃんといっしょに帰った。みんな、一睡もできなかった。

家に帰ると、すぐに掃除をして、隣保班の人たちといっしょに料理をつくったり、お膳を出したり。しきたりに従って、隣保班の男たちは、墓を掘る人や和尚さんを迎えに行く人などに割り当てられた。男たちが棺を担いで墓場まで運ぶならわしだった。もちろん、葬式を出した家は、なんらかのお礼の品を配ることになっていた。親戚中が集まるし、隣保班の人たちも大変だったよ。私がバイクで急きょ買い出しに行ったりもした。近くに嫁いだお父ちゃんのすぐ下の妹が、なにかと手伝ってくれた。

初七日が終わってから、お父ちゃんの会社にお礼に行った。会社にあったお父ちゃんの私物を持ち帰った。お父ちゃんが使っていた小さな手帳があった。家族全員の名前と生年月日が書いてあった。家族のことを、こうして毎年書いていたのだろうかと思ったよ。ただ、末っ子の美香子の名前が美奈子になっていた。泣きながらお父ちゃんの最期を見届けた子なのに。

お父ちゃんは会社の組合活動で、班長かなにかをやっていたようだね。大きな会社だったからだろうか、組合員の人たちが少しずつお金を出して、「子どもたちの奨学金に」と、十数万円をくれた。助かったよ。

それから、しばらくして、お父ちゃんと同じ会社に勤めているという人が家に来て、お父ちゃんが写っている幻灯**を見せてくれたよ。戦地でお父ちゃんと同じところにいたという近くの人が来て、戦地でのお父ちゃんの様子を話してくれたこともあるよ。お父ちゃんより少し年上の人だった。戦地には行かずに、線路を補填する仕事をしていたと言っていた。義妹たちが言っていた慰問団の方と両方やったのかなあ。

**スライドが普及する前に使われていたもので、白い布などに写真を映し出すもの。

結婚して間もないころ、お父ちゃんは、どんなに布団をかけても「寒い寒い」と言っていたことがあったね。南方の外地にいたから、マラリアにかかってしまってたんだね。そういうことも、お父ちゃんの命を縮めたのかもしれないね。戦争なんてろくなことない。お父ちゃんが戦争に行くとき、お父ちゃんのお母さんが「信一郎が死んじゃう」と叫んだという話を聞いていたけど、死なずに生きて帰っただけ、丈夫なんだと思っていた。でも、戦争で、命を削る思いもしていたんだよね。

初七日が終われば次は四十九日で、人寄せが続いて大変だった。私は血圧が急に上がって、それから血圧の薬が欠かせなくなったよ。

三

お父ちゃん、私はね、身内に縁が薄いんだよ。

私の父ちゃんは、私が小学校四年のとき、突然倒れて、数日寝込んだまま死んじゃった。いろんなところの医者が来て、診てくれたんだけど、だめだった。たぶん、お父ちゃんと同じ脳溢血か脳梗塞だね。

私は末っ子で、上にあんちゃん二人と姉ちゃん三人がいたんだ。一番上の姉ちゃんは高等女学校に進学して、きれいで頭がいいと評判だった。東京の人に嫁いで、子どもできたんだけど、二十代で病死しちゃったんだよ。二番目の姉ちゃんは小学校のときには陸上が得意だったくらい丈夫な人だったのに、肺結核になって、千葉の方に療養に行っていたんだよ。それでも、十代で死んじゃったんだ。あんちゃんが二人いたんだけど、でかいあんちゃんは戦死。だから、上の三人は十代、二十代という若さで逝っちゃったわけさ。

無事に歳を重ねられたのが下の三人で、五歳上の姉ちゃんと、二歳上のあんちゃんと私さ。このあんちゃんとは、子どものころから仲良しだった。あんちゃんは甘いものが好きだったので、饅頭の餡子をあんちゃんが食べて、私が皮を食べていた。あんちゃんは弱っぴりで、友だちになにか取られることもあった。そういうときは私が行って、取り返して来てやったよ。あんちゃんは次男坊だったので、家を出るからと、村では数少ない大学出となった。だけど、上のあんちゃんが戦死したから、跡継ぎになって、学校の先生をやりながら農業をすることになったんだ。運転免許を取って車に乗るようになったら、よく家に来ていた。このあんちゃんがいてくれたから、お父ちゃんが死んでからも、なんとかやってこられた。

でも、この姉ちゃんとあんちゃんも、死んじゃったんだよ。

姉ちゃんは子宮がんだった。入院先にもよく行ったよ。姉ちゃんは「サキ、サキ」と言って、なにかと私を頼った。もう、二年くらいたつかなあ。姉ちゃんが死んでから、姉ちゃんの嫁ぎ先の藤岡の家にバイクで行って、長男の嫁さんに農作業の仕方を教えることまでやったよ。赤飯炊きとか、女手が必要なときは私が行って、いろいろやった。そして、姉ちゃんに先立たれた連れ合いの義兄《あに》さんも、なにかと家に来て、私の生活を心配してくれていた。

あんちゃんは、脳腫瘍だった。自動車を縁石にぶつけたことがあって、それが、病気がわかるきっかけになったようだった。東京の大学病院に入院して、私も何度か行ったよ。一時、退院したときもあったけど、もう目が見えなくなっていた。義姉《ねえ》さんが饅頭を口に入れてやっていた。あんちゃんも「サキ、サキ」と言って、私に来てほしいようだった。

父ちゃんが五十歳ごろ死んでいるし、生き残った姉ちゃんもあんちゃんも五十歳前後で死んでいるんだから、私だって、今はまだ大丈夫だけど、いつ死ぬかわからない。でも、まだ、死ぬわけにはいかないよ。子どもたちをみんな一人前にして、お父ちゃんから任されたこの家を、ちゃんと次の世代にわたすまでは死ねないよ。家は、三代目が一番大変だって聞くけど、本当にそうだね。お父ちゃんが死んじゃったんだから、つぶれるだろうと思う人がいて当然さ。

優子は、私が冬場に工場で働いたりして稼いで、なんとか短大を出した。でも、いざ働くようになったら、さっさと相手を見つけて結婚して家を出たよ。そうして、早くも子どもができて、私はばあちゃんになった。孫はかわいいよ。お父ちゃんにも抱かせてやりたかったよ。ただ、優子は少しわがままでね。なにか気に入らないことがあると、私に文句を言って、しばらく家に来ないようになったりするんだよ。病弱だったし、美香子ができるまで末っ子として育ったからね。自分の子だからしょうがないと思っているんだ。

良樹は、結婚はどうなるかなあ。良樹が結婚して家のことをやってくれるようになると、私は楽なんだけどね。

美香子が無事に大学に進学して卒業するまで、まだまだがんばらなくちゃね。担任の先生から、埼玉大学なら勉強しないでも入れると言われて、私は、もうびっくりしたよ。国立大学にも一期校と二期校があって、埼玉大学は二期校。国立大学なら授業料はそうかからないし、奨学金をもらうようにすれば進学できると、担任の先生が言ってくれたんだ。母子家庭だからね。高校の先生方が、いろいろ考えてくれたようだった。

こういう助けもあって、ここまで子どもたちを育ててくることができたんだ。優子は短大生のとき、美香子は今も、母子福祉協会の奨学金を借りているよ。いずれ返さなくちゃならないけど、子どもたちが働くようになれば返却は問題ないと思っていたんだ。でも、優子は返済しないまま嫁に行っちゃったよ。自分で返済するよう言ったら、しばらく家に来なくなった。しかたないから、私が少しずつ返済しているよ。良樹が給料の一部を家に入れてくれているから、なんとか返済できているよ。

大変でも、こうして子どもたちを短大や大学に進学させてやれるのはうれしいよ。お父ちゃんが見守ってくれているんだと思っているよ。

私だって、ほんとうは女学校に行きたかったんだ。でも、父ちゃんが死んじゃっていたし、でかいあんちゃんが「女に学問はいらない」と言ってね。実業学校には行かせてくれたんだけど、戦時中だったから英語は教えてくれないし、勤労奉仕ばかりで、勉強なんてろくにできなかった。お父ちゃんも、できれば高等小学校だけでなく上の学校に行きたかったのに、経済的に許されなかったんだよね。でも、私たちの子どもたちは、ちゃんと望む学校に行かせてやりたいよね。

ああ、私はまだまだ生きなくちゃならない。あんちゃんも姉ちゃんも、もうみんな亡くなっちゃったけど、母ちゃんは七十歳まで生きた。私もそこまでは生きたい。

母ちゃんは婿取りだった。その母ちゃんの母ちゃん、私のばあちゃんは慶応生まれで、読み書きはできないけど、とても器用で、布を引っ張って、両手で両側から縫い物をしていたのを覚えている。そのばあちゃんは八十八歳まで生きた。早死にだけの家系ではないんだ。子どもたちがみんな無事に成長するまで、私は死ぬわけにいかないんだ。

二　桜

一

私は五十歳になった。ついにお父ちゃんより長生きしたよ。今年はもう七回忌だ。必死で過ごしてきたよ。

縁あって、お父ちゃんと結婚した。戦後三年もたたないころだった。そうして、埼玉県といっても私の実家のある栃木県に近い、この利島に来たんだ。

私はね、見合い話がけっこうたくさんあったんだよ。あんちゃんの中学校時代の同級生で学校の先生になった人が、どうしても嫁に来てほしいと言ってきたこともあったよ。でも、学校の先生は難しそうな感じがしたし、その話には乗れなかった。お父ちゃんはね、嫁ぐ方角がいいとかで、仲人さんが持ってきた見合い相手だった。それだけの縁だけど、お父ちゃんは、なんか、ふわっと包んでくれるような雰囲気があったんだよ。物言いはぶっきらぼうだったけど、この人とならやっていけると思ったんだ。

私が嫁いだときは利島村だったけど、その後、隣の川辺村と合併して北河辺村になって、さらに今では北川辺町になった。結婚したときは、長男というのは家と土地を引き継ぐ人で、次男坊よりいいと思う人が多かった。私も農家育ちだし、長男はいいと思ったよ。この家は、弟妹がたくさんいて貧乏だということは聞いていたよ。でも、そんなこと当時は気にならなかった。貧乏がどういうことか、まだわかってなかったんだね。

もともとは裕福で、お祖父《じい》さんは田中正造の支援者だったので、田中正造がお祖父さんの家に泊まったこともあるって聞いていたよ。渡良瀬川の堤防が決壊して足尾銅山の鉱毒が流れてきたことから、栃木県の谷中村だけでなく、この利島村と川辺村も水没させられそうになったということは、私も子どものころから聞いていたよ。川魚が豊富だったのに、その川魚が食べられなくなったってことも。

このあたり一帯を遊水地にする案が政府から出されたとき、利島村では利島村相愛会という若い男たちの集まりができたんだって、お父ちゃんが言っていたね。お祖父さんはもう結婚して子どももいたから、その会には参加しなかったけど、後方支援というのか、資金援助をしていたって。お祖父さんは、田中正造のことや水没した谷中村のことをよく話してくれたと、お父ちゃん、私に話してくれたね。

この家は、そのお祖父さんが、家を長男に任せて、次男坊を連れて分家した家だったんだね。この家が、本家から「隠居」と呼ばれていることまでは知らなかったけど、嫁いできて、すぐにわかったよ。分家にしては土地持ちだったしね。でも、その次男坊のおじちゃんのことで、私たちは苦労しちゃったね。

お父ちゃんの母親は、私が嫁いできたとき、心臓の病気で、もう寝床に横になることの多い生活だった。子どもを産みながら働き続けて、身体を壊しちゃったのかなと思ったよ。お父ちゃんには、弟二人と妹四人がいた。もうひとり末の妹がいたらしいけど、早く死んじゃったんだよね。ザクロを食べて死んだとかで、お父ちゃんは絶対にザクロを食べなかったね。

家族が多いのは楽しいだろうと思っていた。でも、違っていた。下の義弟妹たちは「義姉《ねえ》さん」と言って慕ってくれたし、私は末っ子だから、こんなふうに言われたのは、うれしかったよ。得意の和裁を教えたり、私の実家に連れて行ったりもしたよ。

ただ、なんと言っても食べ物が不十分だった。昼間、めいっぱい野良で働いて、茶碗一杯のご飯じゃとてもやっていけない。そのうえ、サマータイムというのがあって、通常の時間より一時間早く起きて野良に出ることになった。なにかと理由をつけては実家に行って、お金だけでなく、生卵やら入り豆や乾燥芋やらをもらってきて、空腹をしのいだ。生卵は、お父ちゃんにだけ分けてやった。喜んでいたね。精がつくからね。

お父ちゃんのすぐ下の妹、といっても年齢《とし》は私よりひとつ上だけど、その義妹が結婚して、私が台所を握るようになったときはうれしかったよ。それまでは、どんなにひもじくても、ご飯のおかわりをすると睨まれるから、なにも言えなかった。

病気のお義母《かあ》さんの世話は義妹たちがやってくれた。亡くなる少し前だった。夏でもないのに「スイカを食べたい」と、お義母さんが言ったんだよね。そうしたら、義妹のひとりがあちこち探して、ついに買ってきたたね。そのお義母さん亡き後、私たち夫婦が一家を取り仕切るものと思っていたら、全然違っちゃったね。むしろ、まったく別の苦労がはじまったね。いや、今思えば、新しい、考えてもみなかった幸せな生活のはじまりだったかなあ。

まさに災い転じて福となす、だった。でも、それも十三年で終わることになった。

二

そもそものはじまりは、お義母さんが亡くなって一年たつかたたないかのうちに、義父のおじちゃんが、子連れの人と再婚したことにあったね。連れ子は女の子で、一番下の義妹より少し年下で、小学生だった。おじちゃん、女なしではいられなかったんだろうか。どういう経緯でその親子が入ってきたのか、私たちには知らされなかった。今になって思うと、戦争未亡人の子育てのための再婚だったんじゃないかなあ。連れ子が高校を出て働くようになったら、慰謝料をぶんどって離婚して出ていったんだからね。

その後妻は、新しい母親として君臨した。かわいそうなのは義弟妹たちだった。おじちゃんが父親としてだらしなかったよ。男ってバカだって心から思ったよ。その連れ子を下の弟と結婚させて、その弟を跡継ぎにする話が持ち上がって、私たち夫婦は家を出ることになったんだよね。私の実家の母ちゃんが、茨城県だけど、埼玉県の利島に近い古河市に、借家を見つけてくれて、そこで暮らすことにしたんだよね。馬車をたのんで、私の嫁入り道具を乗せて運んだね。利島の家とは、渡良瀬川で隔てられた。もちろん橋が架けられていたし、自転車で十分に行ける距離だったけど、私は、もう二度とこの家には来るまいと思って家を出たよ。

なのに、利島に戻ることになった。そこから苦労がはじまった。お父ちゃんが死んじゃうほどの苦労。義弟妹たちも苦労した。この間にみんな東京へ出てしまった。まともに高校を出たのは、連れ子だけだった。それも金のかかる私立高校。

それを考えると、おじちゃんはなにしてたんだ、自分の子どもをなんだと思ってたんだと、腹立たしくなる。おじちゃんの父親のお祖父さんは、立派な人だって聞いていたけど、このどうしようもない次男坊のおじちゃんがどうなるか心配で、土地を分けて、この次男坊を連れて分家したのだろうか。そんなことも考えてしまう。

結局はこの家に戻ることになったけど、あのとき、利島の家を出て、むしろ良かった。今の私があるのも、お父ちゃんと二人で家族をつくった、あの古河での生活があるからかもしれないよ。楽しい思い出がたくさんあるものね。

家を出ることになったのは、子どもを身ごもったことがわかったときだった。この家では育てられないと思った。だから迷うことなく、私は家を出ようと思ったよ。お父ちゃんはどうだったんだろう。下の弟を跡継ぎにすると、はっきり言われたんだから、やっぱり出るしかなかったよね。それでも、お父ちゃんは弟妹たちが心配だったろうね。

三

その古河には、私の実家の遠縁の親戚があって、なにかと親切にしてくれた。はじめて生まれた子は良樹と名づけた。お父ちゃんは、「この子のためにも一生懸命働く」と言っていたね。文字通りすくすく育った。二年もたたずに、今度は女の子ができた。優子と名づけた。少し病弱な子で、しょっちゅう医者通いをしていた。かわいい顔立ちの子で、身体つきはお父ちゃん似で、肩幅が広くてすらっとしていた。もう、これで子どもは十分だと思っていたのに、四年くらいたったころ、また身ごもった。

そのころ、子どもの数を減らそうという動きがあって、おろす人がけっこういた。私もそうしようかと思った。でも、どうも妊娠したのは、たまたま家族四人で近くのお雀神社の春祭りに出かけて間もないころのようだった。桜の花がとてもきれいで、幸せな気分になった。だから、おろしたりしたら、お雀様に申し訳ないような、罰《ばち》が当たるような気がして、産むことにした。そうしてできたのが、末っ子の美香子。

この子は春になって暖かくなったころ、普通より小さく産まれた。でも、とても丈夫で、全国版の赤ちゃんコンクールで入賞した。小さく産まれたのにみるみる大きくなって、丸々と太っていた。そのためか、近所の人が応募するよう勧めてくれての入賞だった。親子五人で、審査会場になった東京の白木屋に行ったね。お父ちゃんは東京を歩くのに詳しいから、私は安心して行けたよ。

お父ちゃんは本雇いの会社員として月給とボーナスをしっかりもらうようになっていたし、私も、得意の和裁でけっこう稼ぐようになっていた。市会議員をやっていた人や呉服屋さんの専属になり、子どもを見ながら、裁ち板を広げて和裁の仕事をやっていた。端切れを買ってきて子どもの服も縫い、編み機を買って家族全員のセーターやカーディガンを編んだ。美香子が小さかったときには、隣の年配のカバン職人夫婦の奥さんが「みーちゃん、みーちゃん」と言って、とてもかわいがってくれた。私が仕事をしていると、美香子の面倒を見てくれて、おぶって買い物に出かけてくれたりもして、とても助かった。

家も土地もない、狭い借家住まいだったけど、夫婦と子どもだけの生活って、こんなにも楽しいんだって、つくづく思ったよ。私は、じいちゃんも、ばあちゃんもいる農家で育ったし、それが当たり前の生活だって思っていた。でも、上の世代の人たちに気兼ねすることもないし、会社主催の旅行に家族で行くこともできた。もちろん、子どもたちが病気をしたり、怪我をしたり……なんてこともあった。お父ちゃんは、日中は、日曜日以外は仕事でいなかったから、こういうときは、みんな私ひとりで対応したよ。でもね、近所の人たちがとても親切で、なにかと助けてくれたんだ。

優子が小学生になったころだった。七輪のヤカンのお湯をひっくり返して脚に火傷をしたことがあった。そうしたら、隣のおばさんがすぐに産婆さんを呼んで来てくれて、大根をすったのに生卵を混ぜてガーゼで火傷したところに塗って、きれいに治ったことがあった。あのときの生卵は大家さんがくれたものだった。

良樹と優子が生まれたときは、実家の母ちゃんが来て、なにかと助けてくれた。でも、何日かすると、お父ちゃんは、なんとなく嫌そうだったね。狭い家だったせいもあるけど、やっぱり夫婦と子どもだけがいいと思っていたんだね。

クリスマスのときには、お父ちゃんがケーキを買って帰って来た。ケーキを食べるなんて、それまで考えもしなかったよ。お父ちゃんは東京まで通っていたから、ハイカラな文化を家に運んでくれたね。

あるとき、お父ちゃんの弁当に、貴重な魚をひと切れ入れてやった。そうしたら、お父ちゃんは怒って言った。

「こんな弁当持って来る人いない」

私は、魚のおかずなんてすごいと思ったのに。しかたなく、本屋に行って、いろいろ見てみたら、『主婦の友』という雑誌に、弁当の見本が載っていた。こんな本があることなんて知らなかったよ。だいたい自分のことを「主婦」と思ったことさえなかった。ともかく、この本を買って、読んでみたよ。弁当に野菜を入れるんだね。それなら簡単さ。要は見た目だってことがよくわかったよ。でも、見た目もバカにできないと思ったよ。

私の仕事が早くしまったときに、美香子をおぶって、良樹と優子の手を引いて、古河駅までお父ちゃんを迎えに行ったこともあったね。お父ちゃんが優子を抱き上げて、喜んでいた。みんなで銭湯にも行ったね。良樹が男湯に入るようになったときは、お父ちゃん、とってもうれしそうだった。

農繁期には、私の実家に家族全員で行って、農作業を手伝っていたね。お父ちゃんはさすが農家の生まれだから、仕事ができて、喜ばれたね。

私が専属として和裁を担当していた市会議員さんの選挙のときには、お父ちゃん、選挙カーに乗り込んで手伝っていたね。

楽しいことばっかり思い出されるよ。

三　桃

一

二月十日が私の誕生日。私もついに六十歳になった。六十歳は女の最後の大厄らしく、美香子が京都のお寺で厄除けのお札を買ったと、送ってくれた。

お父ちゃんが死んでから十六年目になる。無事に子どもたちを育ててきた。結婚していないのは、末っ子の美香子だけ。良樹も優子も結婚して、二人とも子ども二人の親になった。私は四人の孫のばあちゃんだよ。お父ちゃん、私、がんばったんだよ。優子が短大に通っていたときは、経済的にいちばん大変だった。良樹が家にお金を入れてくれたから、なんとか乗り切れた。美香子は高校卒業と同時に、奈良の国立大学に進み、卒業後は京都で高校の先生になった。私は、今、ひとり暮らしだよ。

でも、美香子が、もっと勉強したいと東京の大学の大学院に進むことになった。家から通うからと、家に戻って来ることになったんだ。京都で働いてお金も貯めたから、自分の力で大学院に行けると言っていた。国立大学だから授業料も安いし、あの子なら、なんとか自分の力でやっていくと思うよ。私も、美香子といっしょに暮らせると思うと、ほっとするよ。ひとり暮らしは、泥棒が来て、なにか盗られやしないかという心配もあった。

お父ちゃんとの夫婦生活は、二十二年で終わっちゃったね。そのうち最初の三年間は、この埼玉県の利島の家で過ごした。おじちゃんが再婚したことから古河市に出て、そこで十三年過ごした。それから、古河で生まれ育った子どもたち三人を連れて、お父ちゃんの生家に戻ったんだ。私は戻りたくなかった。ずうっと親子五人で暮らしたかった。

でも、それが難しくなること、私たちが利島の家に帰らされることを、ひしひしと感じていた。まず、お父ちゃんに代わって跡継ぎになるはずだった下の義弟が、古河の家に来て言った。

「俺は家を出る。兄貴、家のことを頼む」

お父ちゃんのすぐ下の義妹は、近くの村に嫁いでいたけど、私たちが家を出たときはまだ家にいた他の義弟妹たちが皆、家を出ていた。そういうことは、風の便りとでもいうのか、耳に入っていた。そして、私は、長男のお父ちゃんが利島の家に帰ることになるのを恐れていた。

その心配が現実的になったのは、古河の家に、本家の人や、お父ちゃんの実家の近隣の人たちが来たときだった。「長男が帰らないと家がなくなってしまう」と言って、利島に帰ることを勧められ、断わりきれないところまで追い込まれた。家にいるのは、義父と後妻とその連れ子だけ。お父ちゃんは利島に帰ろうとした。でも、ちょうど良樹が中学校に入学する時期が近かったことから、良樹の中学入学に合わせて、古河の家から利島のお父ちゃんの実家に引っ越すことにしたんだよね。

その代わり、私は和裁の仕事にきりをつけて、雨が降らない限り、美香子を自転車に乗せて、利島まで朝から通うことになった。そうして丸一日農作業の日々。朝行くと、義父夫婦がまだ寝床にいることもあった。そういうときは、私は二人の朝食の支度をしなければならなかった。そうして三人分の夕食の準備をして、帰ってくる。まるで女中だ。しかも、おかず代は全部こっちで出す。連れ子は高校を卒業して働くようになっていたが、お金を家に入れている様子はなかった。日曜日にはお父ちゃんも行った。良樹と優子は、私が疲れて帰ってくるのを見ていたからか、行きたがらなかった。そんな生活、長く続くはずがない。私は、体調を崩したと言って、しばらく行かないときもあった。

そのうちに、後妻と連れ子が家を出ていった。慰謝料をたっぷりとられたようだった。結局は、土地が減り、借金だらけのところに親子五人で入った。お父ちゃんは変わらず会社勤め。駅まで自転車で行ったけど、古河にいたときより大変だった。そうして働いて働いて、借金を返していった。

私は農家の生まれなので、農業に対する抵抗はなかった。お父ちゃんは勤め人だったから、私は利島の家に戻るなり、男並みに働いたよ。水田より果樹栽培の方がいいという時期もあって、一時期だったけど桃園をつくったときもあったね。桃をひとつひとつ袋で包む作業もあって、大変だったね。

良樹は、しだいに耕運機を動かせるようになって、だいぶん助かった。美香子は、小学校に入る前から私に連れられてこっちに来ていたからか、抵抗なく田舎生活に慣れていった。優子がいちばん心配だった。

今は、良樹も優子も結婚して、別のところで暮らしている。美香子は四月からいっしょに暮らす。楽しみだよ。

お父ちゃんさえ死ななければと、ついつい考えていたけど、なんとかここまでやってきたよ。

二

良樹は、利島に来るなり、中学生になった。中学校はいくつかの小学校から生徒が集まるからか、良樹は友だちもできて、順調に高校にも進学した。おじちゃんとのごたごたもあったけど、中学校、高校と続けて、とくに問題なく過ごしたね。お父ちゃんが大学進学を勧めたのに、勉強はそんなに好きじゃないからと、専門学校に進んだ。良樹は、家の経済力では大学進学が厳しいことを承知していたんだと思ったよ。良樹が卒業して、就職まで一年数か月というときにお父ちゃんに死なれたけど、良樹があそこまで成長していて、ほんとうに助かった。田舎暮らしだと、地域の仕事で男が出なくちゃならないことがある。そういうときには良樹が出てくれた。

中学校時代の友だちが近くにいたし、あの子がずうっとそばにいてくれるものと思っていた。専門学校で勉強した電気関係の会社に入って、順調に働いていた。同じ埼玉県ながら東京よりの会社に就職して、運転免許を取ってからは車で通勤していた。

でも、子どもは親の思う通りにはならないもんだね。二十七歳のときに結婚して、同時に家を出たよ。孫ができたって連絡もないし、孫の出産祝いに呼ばれたこともない。今は、上に女の子、下に男の子の二人の子どもがいるようだけど、家に連れて来ることもほとんどなくなったから、今、どういう顔をしているのかもわからないよ。

良樹は私たち夫婦のたったひとりの男の子で、この家の跡継ぎとして育った。良樹夫婦が新婚旅行から帰って間もないころ、土産を持って家に来て、ひと晩泊まった。そのとき、仏様に線香をあげるように言ったところ、嫁さんが、パジャマ姿で線香をあげようとしたから、それをいさめたんだ。そういうのが気に入らなかったんだろうかねえ。

良樹が結婚したとき、美香子は大学生になって家を出ていたから、良樹に、利島の家に入るように言った。そうしたら、嫁さんが親と暮らしたくないと言っているから外で暮らすと、良樹が言ったんだ。それだけじゃない。「土地の権利書を寄こせ」とも言ったよ。良樹が長男だからといっても、私は、良樹たちといっしょには暮らしたくはないと、強く思ったよ。どうしてあんなことを言う子になっちゃったんだろう。

優子は、小学校五年生で利島の小学校に転校した。早くも思春期に入っていたのかもしれない。利島の小学校には、とうとうなじめない様子だった。末っ子の美香子がくったくなく友だちと遊ぶのと対照的だった。学校の先生も心配してくれた。中学校に入ってからは、親しい友だちもできて、明るくなってきたようでほっとした。古河の高校に進学して、そこで古河での小学校時代の友だちともいっしょになったようだった。成績が良かったわけではないので、短大も難しいと高校の先生から言われたけど、なんとか入れた。

中学校を卒業しただけで就職する人もいたなかで、母子家庭のわが家で、高校、さらに短大まで出すのは容易じゃなかった。でも、短大まで行けば、短大での知り合いもできる。そういう知り合いが、なにかの折に助けになることだってあるだろうと思ったんだ。

幸いにも母子福祉協会の奨学金を借りられたし、お父ちゃんの遺族年金もあったので、収入が少ないわりには子どもたちを上の学校まで出すことができた。それと、家で米と野菜をつくっているのも大きかったね。

そうして苦労して短大まで出した優子だったのに、卒業後、一年も働かないで、さっさと結婚して家を出ちゃったよ。優子は早く家を出たかったんだろうね。二十一歳での結婚だから、早かったよね。結納やら嫁入り道具の調達やら、優子が片親だからと、うしろ指をさされることがないように、人並みにやったつもりだよ。優子が家を出て、もう十二年になる。その間にダンナの転勤で栃木県の北部で暮らすようになって、家にはそうそう来なくなっているよ。

優子も、良樹と同じように子ども二人。上が男の子で、下が女の子。上の子が小学生だったとき、夏休みに子どもたちだけおいていくことがあってね。孫だし、面倒見たけど、来たら来たで、大変だったよ。子どもだから当然だけど、飽きてごねることもあったしね。優子は、上の子どもが生まれたときの祝いには私を呼んだ。でも、その後は、祝いだけでなく幼稚園の運動会にも呼ばれていない。

良樹と優子は二つ違いで、幼いときからよくいっしょにいたし、スケートが流行ったときには、二人で出かけていた。美香子は、学年は優子と四年違いだけど、優子が四月生まれ、美香子が三月生まれだから、実際には五歳ほども違った。良樹は、頭がいいと小さいころから言われていた。優子はきれいだとよく言われてきた。美香子は絵を描くのが得意で、よく賞状をもらってきた。見た目はぼんやりしているような子だった。でも、なぜか周囲の人たちにかわいがられる子だった。実家の義姉《ねえ》さんも、美香子を連れていくと喜んでいた。

そのぱっとしない子だった美香子が、片親の私を思ってか、中学生になったころから家事をかなりやるようになり、勉強面でもずいぶんがんばって、成績上位者で通した。高校は県内トップクラスの県立女子校に進んだ。担任の先生から「入学試験でクラス二位だった」と聞いて、驚いたよ。二年になって、埼玉大学に入れると担任の先生から聞いたときもびっくりした。そうしたら美香子は、地元の埼玉大学でなく、国立大学一期校をめざして猛勉強した。そうして一期校に無事に合格した。その大学は奈良にあったので、高校卒業と同時に家を出た。

だから、優子に続いて、美香子、良樹と家を出て、あっという間に私ひとりの生活になっちゃったよ。

ただ、美香子は学生のときは、夏休みや春休みには、必ず家に戻ったし、年末年始も美香子と二人で過ごしてきたよ。年末の餅つきは、さすがに私と美香子では臼と杵でつくことはできないので、餅つき機を買ったよ。餅つき機は、餅米をふかし終わってつく段階に入るとき、「ブブー」という音がして、スイッチを切り替えるんだ。その音がしたとき、美香子が「あいよ」と言って、走って行ったことがあるよ。機械相手に返事して笑っちゃったよ。きんぴらやら昆布巻きやら、よく美香子と二人で正月料理をつくったよ。

五月の連休のときにも、美香子が田植えの手伝いのためによく帰って来ていたよ。大学卒業後、京都で高校の先生になって、六年になる。大学四年のとき、埼玉県の教員採用試験も受けるように私が強く言ったので受けたけど、不合格だった。でも、京都府の採用試験は通って、高校で倫理・社会を教えている。京都は教師をするのにとてもいいんだと言っていた。埼玉でなく京都の教師になりたかったんだろうね。

教師になっても学生のときと同じように、最低でも、夏と年末年始には家に来ていた。五月の連休にもよく家に来て、田植えを手伝ってくれた。私がひとり暮らしだったから、電話もしょっちゅうしてくれたよ。手紙もけっこう頻繁にくれて、いろいろ考えていることを書いてきたけど、よくわからないこともあったよ。

なんでも、もっと教育について勉強するんだと、東京の国立大学の大学院を受けて合格したよう。大学院というのは、大学のさらに上の勉強をするらしく、博士になる可能性もあるらしい。博士になれたらすごいな。「末は博士か大臣か」ということばがあるけど、自分の子どもが博士になるなんて、とても考えられない。

美香子が帰るのが楽しみだ。ひとり暮らしではなくなるから、気持ちが楽になっているよ。

三

優子が家を出て十二年、美香子が家を出て十年、良樹が家を出て七年。七年間、私はひとりで農業を続けてきた。美香子だけまだ独身だけど、上の二人は家庭を持って独立した。もう私の手を離れた。親としての務めも、美香子を除けば終わった。

お父ちゃんが死んでから、子どもたちを学校に行かせるのに、お父ちゃんの遺族年金や母子福祉協会の奨学金はほんとうに助かったよ。良樹が家を出てからは非課税世帯となったし、経済面はなんとか過ごせてきた。美香子は大学の寮に入って、奨学金とアルバイトで学生生活を続けた。京都の高校に勤めるようになってからは、家に帰るたびに、私にお金をくれた。優子も、「私もようやくお母ちゃんにお金をあげられるようになった」と言って、一万円ほど、二回くらいかなあ、くれたことがあった。

私の老後を心配してくれる人もいて、勧められて農業者年金に加入したんだ。納めるときは大変だったけど、ようやく農業者としての年金をもらえる年になった。ところが、この年金は、農業を後継者に譲ることが条件だった。加入したときは、良樹が跡を継ぐものと思って疑わなかった。跡を継ぐとは、土地を相続し、親戚づきあいもして、老いていく親を世話することだよね。良樹夫婦が私の面倒を見るとは思えなかった。

農業者年金を受け取るにあたって、幸い美香子が四月には帰ってくるので、美香子にしても大丈夫かと、農協で聞いてみた。直系の子どもなので問題ないとのことだった。相続ではないし、後継者がいるかどうかだけが問題だと。

体力的に農業を続けられないわけではなかったので、この先どうするか、ずいぶん迷った。私が中心になって、多少、美香子の助けを借りれば続けられるかとも考えた。でも、今の農業はトラクターやコンバインといった大型農機具が必要になってきている。そういうものを買うだけで、けっこうな資金が必要になるし、私が運転できるとも思えなかった。

いろいろ考えて、田んぼは誰かに任せて、自分の家の分や、子どもたちに分ける程度の野菜づくりだけを続けることにした。幸いにも、藤岡の義兄《あに》さんが、いろいろ世話してくれた。そうして田んぼをやってくれる人が見つかった。以後、獲れた米の一部を、地代として受け取るようになった。そして私は、裏の畑と庭の一部で野菜をつくるだけにした。

子どもたちがみんな家を出てからの七年間、私は農業だけをやっていたわけじゃないよ。母子福祉協会の奨学金を借りたことから、ここにかかわる人たちとの交流ができて、役員も引き受けた。私はバイクに乗れたので、動きやすかったという事情もあったと思う。いろんな友だちをつくることもできたよ。

連れ合いに先立たれた女性の生活は、さまざまだった。子どもたちが独立してから再婚した人もいた。姑と二人で暮らしながら、私と同じように農業をやっていた人で、姑が布団を敷いてくれるという人もいた。その人は今は息子夫婦や孫たちといっしょに三世代で円満に暮らしているよ。

その一方に、こんな人もいるよ。連れ合いに死なれてから中学生と小学生の娘二人を育てあげた人なんだけど、次女は遠くに嫁いだので、近くに住む長女になにかと頼っていたんだ。そりゃあ当然だよね。あるとき、その長女と何か言い合いをしたらしいんだよ。そうしたら、以後、長女がパタッと寄りつかなくなったんだって。電話すると、たまたま長女のダンナが出て、長女が「親でも子でもない」と言ったと、そのダンナが言ったんだって。そう泣きながら私に話してくれたよ。優子もこの長女の人と似たところがあるけど、これほどじゃないと思いながら聞いていたよ。

その人は今は、次女の家の近くに家を借りて暮らしているよ。たまに電話で話すんだけど、空家になった家とお墓のことを心配しているよ。

母子家庭でなくとも、跡継ぎになるはずだった長男が、嫁さんの実家近くに家を建てて、「もうこっちには来ないだろう」と言う人は、けっこういるよ。

私らの世代は、嫁として舅姑に仕えて、自分の子どもたちからは、まるで必要ないように扱われるようで、なんだか、哀しいなあ。私も六十歳まで生きられたのは良かったけど、これから嫌な思いをするのなら、長生きなんてしなくていいよ。

お父ちゃんは、いろんなことを私に任せて、さっさと逝っちゃって、遺影も若いままだ。でも、私がこうして、けっこう楽しく生きていられるのは、お父ちゃんが、見守ってくれているからだと思っているよ。

地域の自治会の役員もやったよ。「女がやるのははじめてだ」なんて言われたこともあったよ。公民館の習いごとも、書道や七宝焼き、短歌づくりなどいろいろやったし、旅行もずいぶん行ったよ。今は、自治会の会計を担当しているよ。

美香子の住む京都にしばらく泊まって、加茂川べりを歩いたりもしたよ。美香子が金閣寺や銀閣寺とかを案内してくれた。

四月からは美香子もいっしょの生活だ。生きていて、良かったよ。お父ちゃん、ありがとうね。

四　白百合

一

私の母ちゃんは七十歳で死んだ。なにがあっても私を応援してくれた母ちゃん。嫁ぎ先でひもじい思いをしていたときも、行けばいろいろ持たせてくれた母ちゃん。私が義妹や義弟を連れて実家に行けば、ごちそうしてくれた母ちゃん。この家に嫁いで来てつらかったとき、母ちゃんがいたから、私はやって来られた。古河に出るときも、母ちゃんが借家を探して、あんちゃんといっしょに、いろいろ世話してくれた。

私は、母ちゃんが死んだ歳まで生きられれば十分だと思ってやってきた。姉ちゃんもあんちゃんも、そして、お父ちゃんも、五十歳前後で死んでしまった。私だって、母ちゃんの年齢《とし》まで生きられると思わなかった。でも、無事に七十歳を迎えることができた。

母ちゃんは婿取りだった。母ちゃんの母ちゃん、つまりばあちゃんは八十八歳のお祝いの日の朝、死んだ。慶応生まれのばあちゃんだった。八十八歳というのは長生きだ。私は、そのばあちゃんの系統をひいているのだろうか。高血圧と糖尿病の薬を飲んでいるけど、バイクに乗れるし、畑仕事もやれている。まだ死にそうにはない。そんなに長く生きなくていいのに。

その慶応生まれのばあちゃんは、読み書きはできないのに、上のあんちゃんが戦地から送ってきた手紙を見て言った。

「陽一から手紙が来たぞー」

「なんでばあちゃんは、字が読めないのに、あんちゃんからの手紙だってわかったんだい」

私がこう聞いたら、

「この前来たのと、字が同じ形だから」

そんなふうに言っていた。

このばあちゃんは、読み書きはできなくても、器用なだけでなく村の人からの信頼も厚くて、村の赤ん坊を取りあげることもしていたと聞いている。だんだんと赤ん坊の取り上げは産婆さんがやるようになってきた。だから、そんなことをする人はいなくなったけど、そのばあちゃんは、いろいろできた人だったんだろうね。

私は結婚前に、和裁については、専門の人からみっちり習った。だから、和裁だけは誰にも引けをとらないだけの自信がある。優子の成人式の振袖も私が仕立てた。美香子は「成人式には出ない」と言って、振袖もつくらなかったけど、訪問着をこさえてやったよ。お父ちゃんの着物や半纏《はんてん》も私が仕立てて、気に入ってくれてたね。

今さら言うまでもないけど、私がやってきたのは和裁だけじゃないよ。そんな優雅な生活じゃなかった。お父ちゃんがいたときから、農機具の扱いは私が中心になってやっていた。耕運機の運転だって、お父ちゃんにやってもらうと、エンジンが止まってしまうことがよくあって、農協の人を呼ぶことになったりした。米を農協に運ぶのにテーラーを使ったけど、運転したのは私で、お父ちゃんは隣に座っていた。私は小型特殊免許も持っていたからね。でも、米袋を運ぶには、さすがにお父ちゃんは力があったから助かったよ。

自分で言うのも変だけど、私はいろいろできたってことだね。たしかに、慶応生まれのばあちゃんの系統をひいているのかもしれない。でも、命なんてわからないよ。母ちゃんが死んだ年齢まで生きたから、もう十分だよ。

お父ちゃんとおじちゃんの二十三回忌を機に、なにもなかった墓地に、無事に墓石を建てることもした。家を新築したら、墓もちゃんとした方がいいって、近所の人から言われたんだよ。そこで、美香子と二人で建てたってわけさ。石屋さんを近所の人に紹介してもらって、美香子の車で行って、たのんできた。

美香子はこっちに来て間もなく、さすがに車がないと不便だと思ったようで、教習所に通って運転免許を取った。小ぶりの乗用車を買って、電車に乗るにも駅まで車で行くようになった。若いときに免許を取ったわけでないからか、同乗していて不安になるときもあったけど、美香子の運転で、私もいろんなところに行けるようになったから良かった。

墓石を建てたとき、優子は文句を言った。

「こういうことをするときには子どもたち全員に相談するものだ」

良樹はなにも言わなかった。相談したいと言えば、すぐに家に来るのかって、私は思ったよ。でも、何も言い返さなかった。

二十三回忌には、お墓をくるんでいた白いさらしを取り除いて、和尚さんに拝んでもらった。墓前に飾った白百合がきれいだった、そうして、新築間もない家に親戚中が集まって、みんなで会食。良樹夫婦も来て、お酒を親戚の人に注いだりしていた。

「早く家に戻って、お母さんを安心させてやりなよ」

親戚の人から、こんなふうに言われて、良樹はまんざらでもない顔をしていた。良樹の嫁さんも愛想を振りまいていた。

美香子は料理を運んだり、裏方の仕事をよくやった。最後の締めの挨拶は美香子にやらせた。石屋さん探しからはじまって、料理の準備まですべて、私と美香子の二人でやったのだから、当然だ。私は、跡継ぎは美香子にしようと、あの時点ですでに考えていた。

家の建て替えも美香子と二人でやった。その美香子が、歳を重ねながら結婚しないままで気になっていたけど、三年前にようやく結婚した。今は、婿さんもいっしょに三人で暮らしている。この家を無事に次の世代にわたしたら、私の役目も終わる。

長男の良樹がいるけど、私が生きている間はこの家に来ないだろうとみていた。親が死んでから長男が戻る家は、たしかにある。葬式やって、当然のように家と土地を相続する。もしもそんなふうになったら、お父ちゃん亡き後、この家を守ってきた私は、もう死ぬのを待たれるだけのようになる。そんなの絶対に嫌だ。

美香子は、私の世話をしていくだろう。私が死んだら、美香子は、この家を追い出されるのだろうか。長男というだけで、そんなことをしていいのだろうか。そんな不安もあった。だから、家を建てて、建て主を美香子にすればいいと考えた。家は、修繕はしてきたけど、土台は大正時代のものだ。お父ちゃんのお祖父さんが、本家から次男坊のおじちゃんを連れて、隠居の形で分家したときのままだった。土地は私名義だから相続の対象になるけど、そこに建っている家の名義人を追い出すことはさすがにできないだろう。それを無事に果たしたよ。

なんとか美香子を結婚させること。それだけが、私に残された役割だった。その美香子が結婚した。私の役割も終わったってことさ。

お父ちゃんは長男だったけど、未成年の子どもたちを残して先立った。後を任された私は、子どもたちを一人前にするだけでなく、農業も地域の仕事もやった。そういうことをやってこそ、跡継ぎというもんだ。なにもせずに土地財産を相続するなんて、道理に反している。

近所の人で、いっしょに暮らしている娘のために土地のことはきちんとしておいた方がいいと、言ってくれる人もいる。そこで、土地の生前贈与も考えた。農地を贈与すると、農業者年金がもらえなくなるらしい。これは困る。宅地の贈与は、農業者年金に関係ないようだった。でも、それをすると、私自身がすっからかんになるみたいで、さすがにその気にはなれなかった。美香子は、そんなこと、どうでもいいといった様子だった。

二

美香子は、家に戻るなり、大学院生として東京に通うようになった。大学院というのは修士課程と博士課程とがあって、修士課程が最低で二年。修士論文を書いて修了するようだ。「卒業」でなく「修了」と言うらしい。

美香子は、二年間、勉強しか頭にないような生活をしていた。六年間、京都で高校教師として働いてきたから、お金はあると言っていたけど、本はどんどん買うし、貯金を食いつぶしていたのだろう。身体は丈夫だったけど、絵が上手なことだけが取り柄の子だった。でも、いちばん私のことを考えてくれる子だった。その美香子が、勉強面でこんなにがんばるなんて、誰に似たんだろう。

修士課程を修了すると、美香子はそのまま博士課程に進んだ。試験があって、だれでも進学できるわけではないようだったけど、美香子は合格した。博士課程を出ると、就職先は、だいたいが大学になるらしい。家には、美香子が買う本がどんどん増えて、置き場がなくなっていくほどだった。調査をするんだと言って、泊まりで遠くに出かけることもあった。勉強というよりも研究というらしい。論文を書くんだと夜遅くまで起きて机に向かう日もあるようだった。

博士課程に進んでから、美香子は先輩の紹介で、埼玉県の私立高校に講師として勤めだした。すでに高校教師としてやってきた経験が買われたのか、週三日は高校に行っていた。時間講師なのにボーナスもあるようで、美香子は喜んでいた。ボーナスをもらうと、必ず私に服を買ってくれた。高校の講師としての仕事も研究も、よくやっていた。それしか頭にないようにも見えた。この子はいつ結婚するのだろうと、私はそればかり心配していたよ。無理やり見合いをさせたこともあった。でも、うまくはいかなかった。

博士課程で四年間過ごしてから、県内の私立大学に、講師として就職した。美香子に言わせると、博士課程四年で専任職に就くのは、かなり早い就職らしい。このとき美香子は三十四歳。結婚してほしいと、そればかりが気になっていた。

美香子に家を建てることを提案した。定職を持てば、建築のためのお金を借りることもできるし、美香子名義で家を建てるには都合がいい。美香子の車で、あちこちの建築会社を回った。セキトモハウスとかいう大手の建築メーカーに決まりそうになったときもあったけど、私が反対して断った。リビングとかいう広い部屋があって、そこにソファーを置くというのが、どうも流行《はやり》らしかった。美香子があれこれ方眼用紙に設計図を書いては私に見せていたが、それも、そんな感じの間取りだった。

私は、縁側があって、和室二間続きのある家が良かった。大正時代にお父ちゃんのお祖父《じい》さんが建てた家は、六畳二つの二間続きがあって、玄関は広い土間になっていたよね。二階建てにするのはいいとしても、一階に、もっと広い二間続きを据えたかった。縁側も、幅を広くしたかった。美香子が結婚して子どもができても、対応できるだけの大きさの家にしたかった。というより、私にとっては、それを見越しての新築だった。

結局、美香子が私に折れて、地元の大工さんに頼んで建築へと進んだ。とくに使ってなかったけど、庭に、物置にしていた小さな離れがあったでしょ。お父ちゃんと二人で建てた唯一の家だよ。私と美香子はそこで寝泊まりすることにして、荷物を置くために簡易ハウスを建てたよ。優子が片づけに来てくれると言っていたけど、結局、来なかった。あのころは私もまだ若かったなあ。私の嫁入り道具だった夜具戸棚も、近所の人に手伝ってもらって、そのハウスにしまい込んだよ。

近くに住む義妹が建舞《たてまい》をするようしつこく言ってきた。親戚中が集まって、土台の柱が立った時点で行う、いわゆる上棟式。それには、職人さんたちの新しい足袋と草履をそろえたり、飲食の準備をしたりと、大変だった。美香子は建て主として、女ひとり、職人さんたちといっしょに二階部分に上がって、餅をまいたりした。そうして飲食。東京から来たお父ちゃんの弟妹たちがとても喜んでいたよ。

家の名義人を美香子にするにあたって、最初に家を建てたお祖父さんから美香子に続くまでの戸籍謄本が必要になった。みんな美香子がやったので詳しくはわからないけど、美香子が、これから壊すことになる家を建てた人の、直系親族であることの確認が必要のようだった。

その戸籍謄本を改めてよく見ると、お父ちゃんの母親、つまり私の姑が死んでから、みるみる人が減っていって、お父ちゃんにも、良樹と優子にも×が書かれて、最後に残ったのが、私と美香子になっている。ここで美香子が結婚しなければ、この家は終わってしまうのを見せつけられたような気がしたよ。

　家を建てることが決まると、神主さんに頼んで、地鎮祭をやった。これまた近所の人の紹介で、美香子と二人で頼みに行ったんだ。その神主さんが、お父ちゃんの遺影を見て、「犬死にだ」と言った。お父ちゃん、ほんとうは死にたくなかったんだと思ったよ。

　田舎大工のせいか、家ができあがるのに一年近くかかった。私は、来る日も来る日もお茶入れで、嫌になったよ。家ができると、神主さんが来て、おはらいをした。二階の和室で子宝祈願もした。仏壇も買い替えて、和尚さんに魂《たま》入れの読経をしてもらったよ。

　食器戸棚や食堂用テーブルセットも買い入れた。美香子は、ずっとほしかったのだと言って、和ダンスと洋ダンスがそろった二連のタンスを買った。本箱や化粧台も買って、二階に据えた。これらの家具も、美香子が京都から持ってきた大きめの机も、二階のベランダがつくられる前に、フォークリフトで入れた。私も同じようにタンスと化粧台がほしいと言ったら、美香子が買ってくれた。玄関には立派な下駄箱が据えられたよ。

親戚の人が来ると、まるで旅館のようだと褒めてくれた。

良樹は、この新しい家ができて少ししたころ、嫁さんの実家近くに家を建てた。でも、家を建てたから、私に見に来てくれとは言わなかった。

良樹が家を建てたのなら、安心して美香子にこの家を任せられる。だから、思い切って、良樹の家に行った。あの子は柿が好きだから、庭の柿をとって持って行った。良樹は最寄りの駅まで車で迎えには来てくれたけど、家に入ると、換気扇のところでタバコを吸うだけだった。お茶を出すこともしないし、それどころか、座れとも言わなかった。良樹以外は誰もいなかった。二度とこの家には来るまいと思った。

「美香子を跡継ぎにする。良樹は長男だが、跡継ぎは放棄するように」

それだけ言って、私は帰ってきた。

美香子は、家を建てた後、一年余りして結婚した。相手は同じ職場の人で、やはり大学の先生だった。同じ年に勤めはじめたようだが、美香子より四歳年下。二人兄弟の次男なので、柿澤姓になってほしい気持ちはあった。でも、美香子が言ったんだ。

「そのうち夫婦別姓の制度ができるから、そうしたら、戸籍姓も柿澤にする」

ともかく結婚することが先決だし、美香子が無事に結婚して心からほっとしたよ。

中村公明さんというその結婚相手の両親が家に来て、婚姻届を書いた。保証人は、公明さんのお父さんと私。私は自分はバカなふりをした方がいいと思って、署名するのをためらった。そうしたら、公明さんのお父さんが言った。

「美香子さんが代わりに書けばいい」

美香子は、はっきりと言った。

「親に書いてほしいんです」

私は、なにかしら安心した気持ちになったよ。

結婚披露宴はしないと、美香子と公明さんの二人で決めたという。でも、近場の親戚や隣保班の人たちに知らせないわけにはいかない。新築した家の二間続きを会場にして、会食した。良樹も優子も来た。良樹は、優子に、公明さんにビールを注ぐよう言っていた。良樹なりに、美香子を跡継ぎにすることを承知したんだと思った。

美香子はそのときの挨拶でこう言った。

「戸籍上は中村ですが、仕事上でも地域のおつきあいでも柿澤姓を使いますので、よろしくお願いします」

そうして三人の生活がはじまった。敬老の日には、公明さんの運転で日帰り旅行に連れて行ってくれたし、心からひと息つけた心地だったよ。

美香子が結婚して一年もたたないころだったかなあ、優子がまたいきなり来なくなった。なにか優子なりの理由があったんだろうけど、私が野菜を送ってもなにも言ってこないし、電話しても出なかった。美香子も、言っていた。

「まるで突然の大嵐に遭ったみたいだ」

そう言いはしても、美香子は公明さんとの生活が楽しそうで、さほど苦にしているようには見えなかった。

私はまるで、親として、もう必要のない存在になったみたいな気になる。

三

親ってなんだろう。子どもが生まれたときはうれしかった。かわいかった。病気をすれば医者に連れて行き、怪我をしたと聞けば、すっ飛んで行った。子どもを一人前にしなくては、うしろ指をさされないように育てなければ、と思ってやってきた。

お父ちゃんとは見合い結婚だった。とくに仲良しというわけではなかったと思うけど、仲が悪いわけでもなかった。ともに子どもの誕生を喜び、ともに成長を見守った。

お父ちゃんが死なずにずうっと生きていたなら、子どもたちが結婚して独立した後、夫婦だけの暮らしになったのだろうか。それとも、良樹が農家のよくある風習に従って、結婚後もいっしょに暮らし、子どもができて三世代家族になったのだろうか。

そんなことを考えたってしょうがない。お父ちゃんは死んだ。そして私は、片親ゆえに不十分な面があったにしても、精いっぱい子育てをしてきた。そうして育ててきた子どもたちがみんな、結婚した。

美香子はいっしょに暮らしている。私は、美香子に言った。

「別に暮らした方がいいんじゃないか」

美香子はこう返した。

「この家でお母ちゃんといっしょに暮らしていくんだよ」

お父ちゃん、私は、ほんとうにそれが美香子の本心なのかという疑いを、ぬぐいきれないんだよ。上の二人が、結婚して自分の家族ができたら、親のことなどどうでもいいようになっていったから、そう思うのだろうか。それとも、私自身が、古河での夫婦と子どもだけの生活がいちばん楽しかったから、そう思うのだろうか。美香子が私を気づかってくれるのはわかる。それでも、自分は生きていていいのかという気になってしまう。

いや、私は、もう長くはないんだ。母ちゃんが死んだ年齢まで生きたのだから、もう、いつ、どんな形でお迎えが来るかわからない。子どもの存在は大きかった。みんな、私なりに大切にしてきた。

そうだ。子どもたちひとりひとりに、手紙を書いておこう。


良樹へ。

幼いころから利発な子だった。物覚えもよかった。学校ではいつもリーダー的存在で、私の誇りだった。ずうっと町場で育ったけど、農村での暮らしに文句を言うこともなく、次第に慣れていったね。父親が亡くなってからは、私を助けてくれたね。耕運機の操作も器用にしてくれて、ほんとうに助かった。

でも、結婚して子どもができれば、嫁さんと子どものことしか頭になく、親のことは、もうどうでもいいんだね。良樹がいるからと思って、頼りにしてやってきただけに、私は哀しかった。良樹の子どもは私の孫なのだけど、私は孫の顔も、今どうしているのかも知らない。私はもう長くはない。孫は忘れられるけど、腹を痛めた子どものことは忘れられそうにない。それがつらいよ。

家のことは美香子に任せるから、土地をほしがるなんてことはしないように。


優子へ。

優子は、思春期に入るころ、田舎生活に入り、家庭内でのごたごたもあったことから、晴れない思いを抱えていたかもしれないね。高校二年で父親が亡くなったのは、精神的にも痛手だったろう。でも、母親の私としては、必死で働いて、なんとか短大まで出した。

田舎くさい私は、優子には恥ずかしい存在だったのだろうか。優子の家に泊まりに行ったとき、優子の友だちがたまたま来たことがあったね。そうしたら、私をその友だちに会わせまいとしていた。哀しかったよ。

いきなり親との関係を断つことが、いかに親を哀しませるか、よく考えてほしい。

私が死ねば、遺産相続者のひとりになる。土地はすべて美香子に引き継がせるから、承知しておくように。

美香子へ。

上の二人と年が離れていたから、いつも私にひっついていたね。身体が丈夫なことと絵が上手なこと。それだけが取り柄のような子だったけれど、がんばり屋さんだったね。中学生のときに、放課後の部活動でバレーボールをしていたとき、陸上部の人とぶつかって、スパイクが脚にあたったようで、血だらけの脚で帰ってきたことがあったね。消毒して包帯を巻いただけの処置だった。私があわててバイクに乗せて医者に連れていったね。

国立大学を出て、教師経験をしてから大学院に入って、大学の先生になったね。自分の子どもが大学の先生になるなんて、考えもしなかったけど、がんばったね。

結婚して良かったね。公明さんと仲良くやってね。子どもができるといいね。


書いてみたけれど、たいしたことは書けない。でも、母ちゃんが死んだ歳まで生きて、思うことを書いてみた。人に見せようとしたのではない。でも、せっかくだから、封をして、美香子の分だけは美香子にしまっておくよう言って、わたしておこう。それから、土地はすべて美香子に残すという遺言も書いてみた。直筆で、書いた年月日と氏名が書いてあって、そして判子が押してあれば、たしか有効なはずだ。

良樹と優子の分は、封筒に入れて封をして、タンスの引き出しの奥にしまっておこう。私が死んだ後に、誰かが見つけるかもしれないし、他の物といっしょに、さっさと処分されるかもしれない。

親なんて、物と同じように、必要なくなったら、処分されるような存在なのかもしれない。私が、お父ちゃんが死んでから必死で子どもたちを一人前にしようとしてきた思いはなんだったんだろう。そう考えると、つらくなってきた。

お父ちゃん、早くお迎えに来ておくれよ。

五　菜の花

一

八十歳になった。どうも私は、慶応生まれのばあちゃんの系統をひいているようだ。長生きしたってろくなことはないと思っていたけど、そうでもなかった。まず、美香子が博士の学位をとった。その学位論文が分厚い本になった。その本の最後にこう書いてある。

農家の長男として生まれ育った父と、父亡き後、子どもたちを育てあげ、今なお私を支えてくれている母に、本書をささげる。

こんなふうに書かれるなんて、うれしいよ。お父ちゃんと私の子どもが博士になったんだよ。すごいよ。そして、「農家の長男」というのが、格好いいように思えた。

美香子は親孝行だよ。夜、定期的に私をマッサージに連れて行ってくれたこともあったよ。旅行にも連れて行ってくれた。そういうときは、公明さんが留守番役になった。沖縄なんて、とても行けるところじゃないと思っていたのに、羽田空港から飛行機で行った。首里城とか、見て回った。九州にも連れていってくれた。天草四郎像も見たなあ。

お父ちゃんは旅行が好きで、いろいろなところに出かけていたけど、私を連れて行ってくれたのは一度だけだった。私は、美香子とだけでなく、友だちとも旅行に行ったし、北海道に行ったこともあるよ。

ああ、そうだ。美香子は、仕事上では柿澤姓を使っていたけど、戸籍上は、公明さんの籍に入ったから、中村姓だった。でも、二人でどう話しあったのかは知らないが、籍を外して、美香子は、戸籍上でも柿澤姓になった。なんでも、事実婚とかいうらしい。籍が入ってないと、ほんとうの夫婦じゃないように思うけど、二人の生活はこれまでと変わらない。相変わらず、仲良くやっているし、美香子は公明さんとの生活が楽しいようだ。

親の面倒を見て、親戚づきあいもやっていくのが跡継ぎだ。姓が違ってもいいと考えていた。ただ、漠然と、美香子は、柿澤姓にするんじゃないかという気はしていた。それは、私と美香子の二人で家を建てたときから、感じていた。この子はこの家を背負っていこうとしていると。

もっとも、二人の間に子どもができなければ、後は続かない。結婚したとき、美香子は三十代後半になっていた。結婚して一年くらいたったとき妊娠したけど、流産しちゃったんだよ。その後、なかなか妊娠できなかった。美香子は仕事第一みたいなところがあるし、子どもができなくても、それなりに生きていくだろうと、あまり心配もしなかった。私の役目は、次の代につなぐことだし、美香子につなげば、その後は美香子が考えてやっていけばいいと思っていた。

その美香子が妊娠し、無事に男の子を出産した。四十四歳での妊娠・出産だ。たいしたもんだ。貴明と名づけた。いっしょに暮らす孫は、こんなにかわいいものかと、つくづく思ったよ。

妊娠中から、美香子は、布おむつで育てると言っていた。だから、美香子と二人でさらしを買いに行って、私がおむつを縫った。いずれは自分がこのおむつを使うようになるのかなあと思いながら縫ったよ。

産着は私が買うからと、私がお金を払った。私が自分の子どもたちにしてやったように、麻の葉柄の赤ん坊用の着物も、久しぶりに裁ち板を広げて縫ってやった。麻の葉柄の生地がなかなか見つからなくて、美香子と二人であちこち回ったよ。

公明さんの実家からは、安産祈願をした腹帯のさらしが届いた。妊娠五か月に入った戌の日に帯祝いをした。美香子が鯛を姿焼きにして、家族三人で食べた。腹帯は、美香子が本を見ながら自分で巻いたようだった。

少し早産だったけど、赤ん坊は、なんの問題もなく生まれた。出産前に入院したので、その間、私は、公明さんの夕食のしたくをした。公明さんはマメな人で、食後の洗いものや食器の片づけもしたし、お父ちゃんとはずいぶん違うなあと思ったよ。

貴明のお宮参りのときには、公明さんの両親が来て、近くの神社にお参りした。公明さんの両親に会うのは二人が結婚したとき以来だ。貴明が中村姓でなく柿澤姓にな ることを、公明さんの両親はわかっていると、美香子が言っていた。だから、少し気になっていたが、このことでなにか言われることはなく、ともに孫の誕生を喜びあえた。このとき、公明さんのお父さんが、公明さんに「柿澤姓になるように」と話していたと、美香子が言っていた。美香子はどうでもいいという感じだった。

私が歳をとっているから、私に赤ん坊の世話は無理だと思ったのだろう。美香子は育児休業というのをとった。親がいつもそばについているんだから、私は気楽さ。貴明は夜の寝つきが悪くて、夫婦して苦労していたようだったけど、ふた親そろっているのだから、ばあちゃんの出る幕じゃない。

この歳になって赤ん坊をおんぶするなんて、考えもしなかった。でも、腹帯のさらし布をおぶい紐にして、おんぶして庭を歩いてみた。赤ん坊のぬくもりが身体に伝わってくる。

美香子もおんぶしてよく散歩していた。今は、紐一本だけのおぶい紐でなく、赤ん坊を包み込むようなおぶい紐があるようだ。美香子は、それで貴明をおぶってよく散歩に出た。そこで私は、おぶった貴明だけじゃなく、美香子の肩から腰まで包むようなものを縫ってやった。あったかくていいと、美香子は喜んでいた。美香子は家のなかでも、貴明をおぶって掃除や食事の支度をしたりしていた。買い物に行くにも、ベビーカーとかいう折りたためる乳母車を車に積んで、貴明を連れて行っていた。

それでも、やはり子を産むのには若くないからか、整骨院に行く必要があったようで、そういうときは、私に貴明を頼んでいった。おっぱいが欲しくなったのか、泣くこともあったし、この歳で乳飲み子を見るのは楽じゃなかったよ。

子どもには、親二人の他に、さらに祖父母とのかかわりもあった方がいい。味方は多い方がいいんだ。公明さんの両親の喜びようも相当だった。

生後百日に行うお食い初めもやった。公明さんが貴明を抱いて、私が食べる真似をさせた。歯が丈夫になるようにと、お膳に、きれいに洗った小石を置いたよ。

貴明の披露を兼ねて、公明さんの両親、兄夫婦とその子ども、私の子どもたちも夫婦で来て、近所の魚屋でお祝いの会食をした。優子は娘まで連れて来た。優子の息子が結婚したことは後で知らされた。私との関係を勝手に絶っておきながら、いつの間にか、なにごともなかったかのように、たまーにだが優子は私の家に来るようになっていた。

初節句のときには鯉のぼりをたなびかせた。広い庭に鯉のぼりが、ひらひら泳ぐ。ああ、うれしいなあ。私は、立派なケース入りの「鍾馗様」を買ってやった。「貴明」という名前がケースのなかに飾られていて、鯉のぼりの曲が流れるオルゴール付きだ。五月五日が近づくと、茶の間に飾った。鯉のぼりは、朝あげて、夕方にはおろして家のなかにしまう。美香子と公明さんがよくやっていた。

貴明が一歳になるころ、美香子は仕事を再開して、貴明は保育園に行くようになった。保育園から貴明を連れて帰ると、美香子はあわただしく夕食の準備をする。だから、その間、私が貴明を見ている。いっしょにこたつに入って、テレビを見たりしていた。歩くようになると、「あーちゃん」と言って、私のところにちょこちょこ歩いて来た。「タカちゃん、はっこ」と言うと、私の膝に乗り込んで来た。

貴明はかわいいなあ。私にひっついてくる。私が大好きなんだ。美香子がそう仕向けるのだろうけど、「ばあちゃん、おやつ」と言って、サツマイモだのビスケットだのを、よちよち歩きながら持ってくる。なにも言わず、私の膝に乗っかって、いっしょに食べる。

保育園で、変な風邪をもらってきて、美香子があわてて貴明を医者に連れて行ったことがあった。朝、美香子が保育園に連れて行こうとしたとき、食べたものをどっと吐いてしまって、私も驚いた。そうしたら、続いて、公明さん、美香子、そうして、ついに私まで、同じように吐くばかりの風邪にかかってしまった。美香子が心配して、お粥をつくったりして面倒を見ていてくれたし、これが家族なんだと思って、身体はきつかったけど、気持ちの面ではつらくなかったよ。

お風呂も、貴明は私といっしょに入るんだ。小さな身体を洗ってやると、今度は貴明が私の背中をタオルでこすってくれる。孫とこんなふうに過ごせるなんて、考えもしなかった。こんなときは、長生きできて良かったと心から思うよ。貴明と散歩に出て菜の花を摘んで来たこともあるよ。土手際に菜の花が咲いて、一面黄色になるんだ。

お父ちゃんとおじちゃんの三十三回忌もやったよ。弔い上げというけど、美香子が妊娠して大きなお腹のときだったので、こぢんまりとやった。それでも、お寺さんへの供え物をそろえたり、生花を頼んだりと、やらなきゃならないことがある。美香子と公明さんの二人でやって、塔婆は私の名前であげたよ。会食の会場は、公明さんの運転で、いくつかのお店を見て回って探したよ。

お父ちゃんは仏様として私を見守ってくれているんだもんね。ちゃんとお弔いをしないと罰《ばち》が当たるよね。

二

保育園の運動会には、私も美香子夫婦といっしょに行った。美香子が弁当をつくって持って行って、みんなで食べた。貴明にも出番がある。親の出番もあって、公明さんが、他のお父さんたちといっしょに走った。小さな園庭の中央部分を除いて、びっしりと親やその親たちが座っている。私ほどの年寄りはいなさそうだった。美香子ほど年齢のいった母親も、見当たらなかった。

平日の日中は、公明さんと美香子は仕事。貴明は保育園。だから、私ひとりで留守番さ。庭の一部が畑になっているから、だいたいが畑仕事か草取りをしている。ひとりで黙々と、腰を曲げたり、かがんだりしながら、土とともに暮らしている。サヤエンドウや、ネギ、大根、白菜、ほうれん草、じゃが芋などを育てている。以前は裏の畑もやっていたけど、たしか、ひざの手術で入院したときからだったか、畑は庭だけにしたんだ。

美香子が結婚して三年くらいたったころだったかなあ、私は、ひざの手術のため入院し、そのときに半月板も、片方だが、取ることになった。優子が家に来るようになったのは、そのときからだったかもしれない。美香子が連絡したのだろう。

面積もたいしたことないので、畑は万能《マンノ》で耕してやっていた。でも、まだ貴明が生まれる前だったけど、小型耕運機を、美香子夫婦と私の三人で、農協主催の農機具売り場に行って買ったんだ。公明さんがけっこう器用で、その耕運機で木と木の間まで耕してくれるので、助かった。もちろん、畑にするには、石灰を混ぜて耕やし、かたぎったり***、ツルを巻きつけさせるために竹をさして紐を張ったりなど、することはたくさんある。こういうことは、孤独な作業だったけど、楽しかった。ときどき近所の人が来て話し込むこともあった。

***土の盛りあがった細長い畝《うね》をつくることを「かたぎる」といい、そのための道具もある。

美香子も公明さんも、私のつくった野菜を喜んで食べた。公明さんはラッキョウが好きなようだ。エシャレットというラッキョウの一種をつくったら、喜んで食べていた。でも、美香子は好きでないようだった。一方、ニガウリは美香子は好んで食べたけど、公明さんは食べない。当然だけど、夫婦で好みが違うんだな。どっちにしても、つくったものを喜んで食べてもらえるのは、うれしいよ。

土曜日とか日曜日、貴明が水色の小さな長靴を履いて、私が畑仕事や草取りをしているところにやってくる。植木の剪定をしていると、植木用の鋏を持って、真似をしたがる。たいした植木でもないのだから、と思って好きなようにいじらせている。両手を使って、一生けんめいやるんだよ。けっこう、まともに伐るので感心するよ。いっしょに土いじりをしていて、ミミズが出てくると、ミミズをつかまえて、喜んでいる。カエルも、貴明は平気でつかまえる。

美香子と違うなあと思う。私の実家では蚕を飼っていた。一階に、蚕が桑を食べる箱が並べてあるときがあった。幼虫のその蚕を、美香子は怖がった。良樹と優子が平気だったのと対照的だった。美香子は幼いときから田舎の子として過ごしたのに、ミミズ嫌い、カエル嫌い、蛇は大嫌い。青虫まで嫌がる。ずうっとそうだった。蛇を嫌うのは良樹も優子も同じだった。ただ、すっかり田舎の子になったと思っていた美香子が、アオガエルさえさわれないのが不思議だ。

でも、貴明は平気だ。なぜか、うれしいよ。

生まれたところの影響は大きいのかもしれない。私だって、古河で町場生活を経験した。野菜はつくるのではなく、買う生活だ。風呂を沸かすこともなく、銭湯に行っていた。でも、もともと農家の生まれだから、農村の生活にすぐ戻れた。野菜づくりも米づくりも、抵抗なくはじめられた。美香子は、田植えも稲刈りもやったし、風呂を沸かすための薪割りまでやった。なのに、ミミズやカエルを、いまだにさわれない。どこか、町場生活を抜けきれない部分を抱えているようにも見えた。

こんなことを考えると、良樹のことを思い出す。近くの小川に竹でできたウケを仕掛けておいて、ドジョウをよく捕った。良樹が面白がってよくいっしょにやったし、良樹はドジョウも喜んで食べた。お父ちゃんは、川魚は嫌いで食べなかった。美香子は、その点はお父ちゃん似で、やっぱり川魚は嫌いだ。まあ、今さら良樹のことを思い出してもしょうがないけどね。

今は別の楽しさがあるよ。貴明は、田舎で生まれ育つ子だ。私のそばにちょこちょこついてきて、真似をする。

庭の木を伐ったこともあった。公明さんもさすが男だ。電動のこぎりを使って、太い木を伐り落とした。伸びてしまった竹も伐った。

家族四人で、一泊で温泉にも行った。栃木県北部の、たしか川治温泉に行ったとき、夕方、美香子と公明さんが二人で散歩に出て、貴明と私が宿に残った。貴明と二人で、美香子たち二人が歩くのを見ていた。貴明に、言った。

「いっしょに行かなくていいんか」

そうしたら、貴明が言った。

「ばあちゃんといっしょだから、いいんだよ」

この子が成長するのを見ていたい。そう思った。でも、いつまで生きられるか。観光地を回って歩き続けるときは、貴明と公明さんだけが行って、美香子は私といっしょに椅子に座って、二人が戻るのを待つことがよくあった。私は長くは歩けないからね。

こんなこともあったよ。公明さんの大学時代の友だちが岩手県にいて、冬にスキーに来るよう誘われたとかで、貴明ははじめてスキー場に行った。子ども用のスキーウエアを買ってきて、親子三人で、たしか二泊で出かけた。

帰ってくるのが待ち遠しかった。貴明のいない家は淋しい。

帰ってきた貴明に聞いた。

「スキーは面白かったか」

貴明は、シューシューと声を出して、腰を曲げて滑る真似をした。

美香子が言うには、貴明は、雪遊び程度しかできず、滑るときは公明さんがおんぶしたということだった。すごい勢いで滑り降りる子どもがいて、貴明はそれを真似したのだろうと。シューシュー滑るのをやってみたいとでも思ったのかねえ。

美香子は、結婚してから、貴明ができるまで、毎年のようにスキーに行っていたんだよ。最初は、勤務する大学の学生や先生たちといっしょに行ったようだった。美香子はスキーなんてやったことはなかったはず。奈良での学生時代にも、京都で高校教師をやっていたころも、スキーに行ったなんて話は聞いたことがなかった。スキーの道具もなにも持っていなかった。公明さんといっしょに道具を買いに行って、公明さんに基礎から教えてもらったようだった。公明さんはかなりスキーが上手だと、美香子が言っていた。三十代中ごろでスキーをはじめるなんて大変だったろうけど、なんとかものにしたようだよ。結婚して楽しみが増えたんだから、良かったよ。そういうこと、親としてうれしいよね。

貴明はかわいいし、美香子と暮らすようにして、ほんとうに良かった。近所の人からもよく言われるよ。「サキちゃんは娘といっしょだからいいね」って。

三

貴明が私になつき、こんな歳をとったばあちゃんでも、役に立つんだと思うと、うれしいよ。

でも、ずうっと胸につかえている問題が私にはある。良樹と優子のこと。

良樹は、同じ県内に住んでいるし、車なら家まで一時間とかからない。彼岸に、お墓にだけ行くようなのが気になっている。墓と家は近い。親が死んで、もういないのなら、お墓にだけ行くというのもわかる。でも、生きている親がいるんだ。

美香子に、「生きている親がいるのに」とぼやいたら、こんなふうに言った。

「お兄ちゃんは、お墓が好きなんだよ」

そう言われてみればその通りだけど、お墓が好きだなんて、変だ。まるで、早く墓に行きたいようじゃないか。

良樹は長子で、さらに長男だった。お父ちゃんと同じだ。ゆくゆくは自分が、この家を守っていくという思いが、なかったわけではないだろう。お父ちゃんは、その思いゆえに、古河から利島の家に帰り、そうして早く死んだ。お父ちゃんが死んだとき、良樹だけが高校を卒業していた。結婚が良樹の大きな転機になった。

「家つきカーつきババア抜き」なんてことばがあったなあ。私がいなければ、良樹はまさにその通りの結婚相手だった。でも、ババアはいた。八十歳になった今も、い続けている。良樹が結婚した人は、正直言って私は好きじゃない。その親も、とくに母親が、私が連れ合いに死なれて母子家庭であることをバカにするというか、不十分であるような言い方をしたことがあった。私は思いっきり言い返した。

「良樹は専門学校を出ているし、上の娘は短大を出した。末の娘は大学に行っている。あんたはそれだけのことをしたか」

結婚のはじめから、いい関係じゃなかった。関係ってのは双方が歩み寄れば修復できるのに、良樹はそれができなかった。

美香子にしても、結婚にあたって公明さんのお父さんがはじめて家に来たとき、こう言った。

「息子がこの家に入るのは反対だった」

でも貴明の祝いには来てくれたし、ともに孫の成長を喜べるようになった。

結婚というのは、それぞれの親とのかかわりも含むものだと私は思ってきた。でも、良樹は、自分の親はいないものとして、夫婦・親子の生活を送っているのだろうか。良樹だって、もう若くはない。私が二十六歳のときにできた子だから、もうすぐ五十四歳のはずだ。子どもは二人いて、上の娘は結婚したように聞いているが、結婚式にも呼ばれていない。結婚すれば、お祝いくらいやるのだが、やりようもない。

なによりも、良樹が親も実家もない存在で、あるのはお墓だけと、そうさせられているのか、自分からしているのかはわからないが、そういうふうな存在になっているのが、情けない。

優子は、突然関係を断って、しばらく、そのままだった。私がどんな思いでいたかなんて、考えもしなかったかのようだ。長男夫婦とその子どもを連れて、家に来たことがある。優子の孫は私のひ孫なんだけど、実感がないんだよ。優子の息子も娘も、小学生のころはよく家に来て何日も泊まっていたのに。優子の息子が結婚したときも、私は知らされないでいた。自分が親としてないがしろにされているような思いがぬぐえない。

近所の人で、私より少し年上の人が、孫の結婚式で広島まで行くんだと言っていた。東京までは、いっしょに住んでいる長男が送って行って新幹線に乗せ、広島で娘が駅まで迎えに来てくれるんだって。孫の結婚式に出る。うらやましかった。そして、悔しかった。苦労して結婚するまで育てた。そういうふうにしてきても、孫の結婚式にも呼ばれない自分が情けなかった。私の育て方が悪かったというのだろうか。夫に先立たれたことで、子どもの連れ合いにまでバカにされるのだろうか。

お父ちゃん、私は必死で子どもたちを育ててきたんだ。でも、老いてきたときにこんな目に遭うのはつらすぎるよ。私のどこが悪かったのか、教えておくれよ。

美香子に、近所の人が孫の結婚式で広島に行くようだと話した。美香子は言った。

「貴明の結婚式にはお母ちゃんも出るから、それまでがんばって生きてよ」

貴明はまだ三歳だ。貴明が結婚するまで、生きるはずがない。

貴明の成長を見られるだけで十分だ。こんなに私になつく孫。やっぱり、いっしょに暮らしている孫は、外孫とぜんぜん違う。

私は、美香子夫婦と内孫の貴明と、こうして円満に暮らせている。それだけで、十分に幸せなんだ。そうだよね、お父ちゃん。

六　金木犀

一

九十歳になった。もう死にたい。どうしてまだ死ねないんだ。ひとりで、どこか遠くへ行ってしまいたい。美香子にそう言うと、見るからに嫌そうな顔をする。

庭の金木犀の木が無様に伸びている。以前は、私が脚立に乗って剪定していたのに、もう、とてもそんなことはできない。私がやらないと、誰もやろうとしない。

何年か前に、バイクに乗っていて、乗用車との接触事故に遭い、それ以後、バイクに乗るのをやめた。美香子に、もう乗るなと強く言われて、免許更新をしなかった。あのとき、整形外科に通うことになったし、送迎は美香子がするのだから、美香子は大変だった。事故に伴う保険会社とのやり取りも、みんな、美香子がやった。

バイクに乗れなくなったので、電動の三輪自転車を買ってくれた。美香子が自転車屋さんに私を連れて行って、いちばん良さそうなのを買ってくれた。充電器がついていて、家のなかで充電しておいたのを取り付けるようになっている。バイクは、乗って、エンジンをかければ、後はハンドルを切るだけだから簡単だった。自転車は、電動でも、バイクより大変だ。せっかくの高価な電動三輪自転車なのに、あまり乗っていない。

美香子が、私の気晴らしになるようにと、私を車に乗せて、買い物にいっしょに連れて行ってくれる。カートにつかまって歩くと楽なので、車を止めると、すぐに美香子がカートを持って来る。美香子は私が欲しがるものをなんでも買ってくれる。衣料品店に連れていって、私の服も買ってくれる。

その買い物から戻ったら、補聴器が、片方なくなっているのに気づいたことがあった。美香子がお店に戻って見てきたところ、踏まれた補聴器があったと、それを持って来た。わざと落としたわけじゃないんだ。美香子は嫌そうな顔をした。補聴器はつくり直した。耳の型を取ってつくるから、美香子が補聴器屋さんに連れて行ってくれないと、それもできなかった。結局、私が生きているだけで、美香子を煩わせ、よけいなことをやらせることになる。

歳をとったら若い者の世話になるのは当然だと思っていた。でも、実際にその立場になってみると、実の娘であっても、好んで世話しているのでないことがよくわかる。生きているのが悪いような気持ちになっちゃうんだよ。

家のなかでは、膝に手を当てて、腰を曲げたまま歩ける。手すりをあちこちにつけてくれたから、つかまるところもある。庭や近くを歩くときは、シルバーカーとかいう押し車を使う。それには座れる椅子もついていて、そこに座って、犬とよく話すんだ。昼間はひとりのときが多いからね。犬はロクとナナと二匹いるんだよ。

貴明が保育園生のときに、保育園でいっしょだった子の家からもらってきたのがロクだった。もらってきたときは子犬だったのに、あれよあれよと大きくなって、オス犬が連日来るようになった。私はそのオス犬を追っ飛ばそうとしたのだけど、ロクの方が喜んでいるんだから、どうしようもない。そうして腹が大きくなって、五匹産んだ。美香子たちはどうするのかなあと見ていたら、美香子が、新聞やらスーパーの掲示板やらを使って、飼い主を探した。ナナは用水路におぼれて、凍えて死にそうになった。なんとか持ち直しても、よたよたしていたので、この犬は家で飼うと言って、あげなかったようだ。ところが、犬ってのは生命力があるんだなあ。親のおっぱいを独り占めして、いつの間にやら元気になった。美香子が言った。

「この家で生まれた犬は、このナナがはじめてなんだ」

私もよく犬を飼っていた。駐在所のおまわりさんが、番犬のために飼うようにと子犬を連れてきたこともあった。自転車の籠に乗せて、神社まで行って遊ばせたりしたなあ。その犬もみんな、オス犬だった。この家で飼った犬は、私が知る限りメス犬はロクがはじめてだ。だから、たしかにナナは、わが家で生まれたはじめての犬さ。ロクにはその後、不妊手術を受けさせたようだった。

この親子二匹は仲が良くて、私がそばに行くと、二匹して私にひっついてくる。私が食べたバナナの皮をあげたら、食べちゃったよ。

昼間は犬と遊んでばかりだったわけじゃないよ。庭で野菜づくりを続けていたし、庭の草取りもよくやっていた。草取り用の座れる箱みたいな車があり、それを使っていた。でも、はあ、それもできなくなった。

今は週に三日、施設に行って、そこで体操をしたり、カレンダーとか壁飾りとかをつくったりしている。朝、迎えの車が来て、夕方、帰って来る。デイサービスとかいうらしい。行きたくないとき、自分で携帯電話をかけて断ったことがある。そうしたら、出かける準備をしていた美香子が言った。

「行かなくちゃだめだよ。行った方がいいって、お医者さんも言っていたでしょ」

美香子がもう一度電話して、迎えに来てもらった。どうして家にいちゃいけないんだ。なんで、こういう生活になったのかなあ。家で野菜づくりや草取りをする生活から、施設に通う生活になったのは、いつからだろう。

美香子が泊まりで出張に出るとき、私は、ショートステイとかいうお泊まりをさせられた。それが嫌だった。ひとりでなんでもやれると言っても、美香子は認めなかった。一度だけ、私がどうしても嫌だと言ってきかなかったことがあった。美香子は優子に、一泊で温泉に連れて行ってくれるよう頼み込んだ。優子夫婦が迎えに来て、温泉に泊まって三人同じ部屋に寝た。優子と温泉に行ったのは、後にも先にもあのときだけだ。家に私を連れ戻して、すぐに帰った。

私は和室二間と、その奥の納戸と、三部屋を自分の部屋にしていた。あるとき、美香子が納戸を掃除した。美香子は言った。

「お母ちゃんに断わってやったでしょ。いろいろ分類して段ボール箱に入れてタンスの上に置いたし、こんなにすっきりしたよ」

私に断わってやったのだとしても、自分のものをいじられて、はらわたが煮えくり

書　名				
お買上 書　店	都道 府県	市区 郡	書店名	書店
			ご購入日	年　　月　　日

本書をどこでお知りになりましたか?
1.書店店頭　2.知人にすすめられて　3.インターネット(サイト名　　　　　)
4.DMハガキ　5.広告、記事を見て(新聞、雑誌名　　　　　)

上の質問に関連して、ご購入の決め手となったのは?
1.タイトル　2.著者　3.内容　4.カバーデザイン　5.帯
その他ご自由にお書きください。
(　　　　　)

本書についてのご意見、ご感想をお聞かせください。
①内容について

②カバー、タイトル、帯について

弊社Webサイトからもご意見、ご感想をお寄せいただけます。

ご協力ありがとうございました。
※お寄せいただいたご意見、ご感想は新聞広告等で匿名にて使わせていただくことがあります。
※お客様の個人情報は、小社からの連絡のみに使用します。社外に提供することは一切ありません。

■書籍のご注文は、お近くの書店または、ブックサービス(☎0120-29-9625)、セブンネットショッピング(http://7net.omni7.jp/)にお申し込み下さい。

郵便はがき

料金受取人払郵便

新宿局承認

7552

差出有効期間
2024年1月
31日まで
(切手不要)

160-8791

141

東京都新宿区新宿1－10－1

(株)文芸社

愛読者カード係 行

ふりがな お名前		明治 大正 昭和 平成 年生 歳	
ふりがな ご住所	□□□-□□□□		性別 男・女
お電話 番号	(書籍ご注文の際に必要です)	ご職業	
E-mail			
ご購読雑誌(複数可)		ご購読新聞 新聞	

最近読んでおもしろかった本や今後、とりあげてほしいテーマをお教えください。

ご自分の研究成果や経験、お考え等を出版してみたいというお気持ちはありますか。

ある　　ない　　内容・テーマ(　　　　)

現在完成した作品をお持ちですか。

ある　　ない　　ジャンル・原稿量(　　　　)

返る思いだった。持ち出せる家具類を庭に出して、たたきつけた。思えば、まだ力があったんだなあ。今はもう、そんなことをする力もない。

美香子、公明さん、貴明の親子三人だけが家族で、自分は邪魔者のように感じていた。なぜか公明さんが憎らしくなり、さらに貴明まで憎らしく思うときもあった。自分で自分が異常だと思った。美香子に言った。

「どこか精神科みたいのがある病院に行きたい」

美香子が、近場で医者を探しだして、いっしょに行った。「○○メンタルクリニック」と、看板が出ていた。その医者に、なんか、外に出かけていろいろやれる高齢者向けの行政サービスがあることを教わった。そこで、美香子といっしょに、そういうことを扱う市役所の課に行って、私に良さそうな施設を探したんだった。その施設のケアマネージャーとかいう人とやり取りするようになった。

そのメンタルクリニックの薬を飲むようになってから、寝ることの多い生活になった。とろんとした気分になっちゃう。美香子が「飲まなくていい」と言った。そうして、別の医者に連れて行ってくれた。少し遠かったけど、美香子が車に乗せて行ってくれた。薬を変えたら、変なとろんとした気分はしなくなった。公明さんに対する変な思いも消えていった。

器用になんでもやってきたのに、いろいろできないことが増えてきた。パンツだって、今は、普通の布のパンツでなく、漏らしても大丈夫な紙パンツをはいている。そのパンツも、腰が曲がっているから、背中側をちゃんと上げることができない。美香子はしょっちゅう、私を壁に手をあてさせてパンツを上げる。それでも、夜中にトイレに起きることはあるし、朝起きたときに敷布が濡れていることがある。私が朝ご飯を食べているときに、美香子が敷布を取り換えて洗濯機に入れるのをよく見る。美香子はなにも言わないし、私も知らんぷりしているけど、わかっている。夜中に漏らしているんだ。

生きているだけで、美香子に迷惑をかけている。こんな役立たずの私は、もう、死んだ方がいいんだ。お父ちゃん、早くお迎えに来ておくれよ。

二

九十歳か。美香子に迷惑ばかりかけているのに、美香子は、貴明が結婚するまで生きてくれと言う。貴明はまだ中学生だというのに。

生きていて嫌なことばかりじゃなかった。娘だから、けんかしたって、忘れたふりをすれば、それで終わる。楽しかったこともたくさんある。

日曜日だったのかなあ。家族全員がいたときだった。昼食に、美香子が何種類かのスパゲッティをつくって、私の皿によそってくれた。色とりどりでおいしそうだった。思わず言った。

「お父ちゃんも生きていたら良かったなあ。美香子がこんなに世話してくれるんだから」

お父ちゃんがそばにいたらどんなに良かったかと思ったよ。それでも、娘と暮らせて、私は幸せだ。

東日本大震災のときも、つくづくそう思った。貴明は、小学生になると、放課後は学童保育とかいうのに行っていた。その震災の日は、美香子も公明さんも家にいたから、貴明を学童保育に行かせないで家に連れて帰らせるからと、二人で小学校に貴明を迎えに行っていた。地震はそのときにあった。私はコタツでじっとしていた。かなり揺れたが、物が落ちることはなかった。でも、ひとりでいたし、これほど揺れたのははじめてだったので、こわかった。そうしたら、美香子が来た。

「お母ちゃん、大丈夫かと思って見に来たんだ」

思わず顔がほころんだ。美香子は、私の無事を確認したら、すぐに小学校へ戻った。そうして、親子三人で帰って来た。二階は本箱が倒れたりして大変だったようだった。私のいた部屋は仏間で、家具らしきものは、コタツとテレビくらいしか置いてなかったので、物が落ちることもなかった。仏様の位牌も、動くことなくそのままだった。仏様が守ってくれたように感じたよ。

貴明は小学校高学年になったころ、自分の部屋がほしいと言った。茶の間を貴明の部屋にあてていたので、人の出入りがあり、嫌だったようだ。また、私は、布団を敷くのではなく、ベッドの方がいいなあと思っていた。近所の年寄りの人から、ベッドの方が楽だと聞いていたからね。

美香子は、私の部屋を、二間続きの奥の部屋である床の間のある座敷と、そこと引き戸で隔てられただけの納戸の二部屋にして、床の間の座敷にベッドを置いたらどうかと言った。反対のしようもなく、ただちに片づけられた。

そうして、私は美香子に連れられて家具屋さんに行き、ベッドを部屋に入れるようにした。しっかりしたベッドだった。下に引き出しがついていて、そこに衣類を入れられるようになっていた。良いも悪いもない。私は、もう、従うだけだ。床の間の座敷はトイレにすぐ行けるようになっている。美香子が言うには、家を建てるときに、私が、すぐトイレに行けるようにと、そういう間取りにしたんだそうだ。そんなこと、忘れちゃったよ。

私がコタツとテレビを置いていた仏間が、貴明の部屋になったよ。貴明の机と本箱が置かれた。床の間の座敷に、テレビも置かれるようになり、私の居場所はベッドになったってわけさ。コタツは物置にしまわれた。扇風機みたいな暖房器具が私のところに置かれるようになった。たしか、ハロゲンヒーターといったかな。最初は、いろいろいじられたようで嫌だったけど、貴明の部屋が隣で、私はベッドに座ってテレビを見られるし、わりに過ごしやすくなった。貴明は、私の部屋で宿題をやったり、いっしょにテレビを見たりしていた。

貴明が小学生のころ、なにかの折に「僕がばあちゃんの杖になってやるよ」と言ったことがある。美香子がそのことばに感心していた。ことばだけじゃなかったよ。貴明が、腰の曲がった私の杖になって散歩したことが、実際にあったんだよ。

もう紙パンツだったけれど、家族四人で温泉一泊旅行もした。私は思わず言った。

「貴明は、ばあちゃんといっしょに行ったこと、覚えているかなあ」

四人でひとつの部屋に泊まった。四人いっしょだと宿泊代が安くなるんだと、美香子が言った。こんな年寄りでも役に立つのかと思ったよ。でも、トイレのたびに、美香子がいっしょに来て、パンツをあげるし、美香子は私につきっきりだ。お風呂に入ったときもそうだ。風呂場用の椅子を持ってきて、座らせて、背中を流したり世話してくれた。

三

貴明は小学生になったら、家の近くの書道塾に通うようになった。私も自転車に乗って、同じように自転車で行く貴明を送って行ったことがあるよ。その書道の先生は、昔、巡回図書の貸し出しをいっしょにやったことのある人だった。その書道の先生が私を覚えてくれていた。私も若いころはいろいろやれたんだけどなあ。

美香子が、刺子のセットを見つけて、買ってくれた。私が、和裁が得意なのを知っているから、暇にさせないようにしたのかな。小物入れやエプロン、座布団カバー、のれん、テーブルセンター、二畳ほどもあるコタツカバー、手提げバッグなど、いろいろつくったなあ。美香子が、そのうちのいくつかを、貴明の小学校の学校祭や、公民館祭りに出品した。みんな上手だと褒めてくれた。こんなの、私には簡単さ。

貴明が小学校六年のときだった。公明さんのお母さんが、小学校の運動会を見るために、泊まりで家に来たことがあった。お父さんはもう、貴明が保育園生のころ、病気で亡くなっていた。いろいろ話したなあ。運動会のとき、二人して椅子に座って、見ていたんだ。貴明が放送でなにか話すこともあった。屋台が出て、貴明が、なにか買って来たりしてたなあ。

このとき、公明さんのお母さんに、刺子の座布団カバーをあげたんだ。座布団カバーは、たしか良樹にもあげたと思う。優子にも、なにかあげたはずだ。

貴明の小学校の運動会には毎年行った。子どもたちのじいちゃんやばあちゃんが、玉入れで、低学年の子どもたちと競争する競技があって、私もシルバーカーで参加したことがあったなあ。私ほどの年寄りは見当たらなかったから、座ったままでいたら、美香子が言ったんだ。

「お母ちゃんも参加しなよ」

そうして、私もいくつか玉を入れたと思うよ。

貴明が小学校低学年のころ、同じクラスの友だちが家に遊びにきて、貴明と二人で植木を伐っていたことがあった。貴明は小さいころから私にくっついてやっていたから、さすが上手だと思ったよ。

貴明はなかなか入れないという、私立の中高一貫校に行っている。家から自転車で通える近場にあるけど、東京の方から来る生徒もいるらしい。そこはもともとは、私が嫁に来てから間もなく県立高校の昼間定時制分校としてはじまった学校だった。今ではバスを何台も抱える私立の中高一貫校で、近くの子でもなかなか入学できないらしい。

私が通っている施設で、孫のことを話すと、言われる。

「柿澤さんの孫さんは、頭がいいんだね」

貴明は本が好きな子だった。私のベッドのところに来て、本を読んでいることもよくあった。頭がいいのかどうかわからないけど、こんなふうに言われると、誇らしく感じる。

私の卒寿の祝いだと言って、優子夫婦が家に来た。私に、しゃれたバッグを買ってきてくれた。優子は、必ずなにか買って来る。でも、美香子夫婦とはしゃべるが、私とはあまり話そうとしないので、つい、言ってしまった。

「なんか、つまんない」

私は耳も遠いし、もう、子どもたちの相手はできなくなったんだろう。

もう、ここまで生きたのだから、私が死んでからのことも考えなくちゃいけない。

相続問題について、ようやく片をつけた。

家は美香子の名義にしたから問題なかった。要は土地なんだ。田舎なので土地は価格にしたらたいしたことないのだけど、それでも、相続問題で兄弟が絶縁したという話が近所である。町場には土地持ちというだけで財産家と見る人もいるし、相続者以外の人がなにか言ってくることもあると聞く。ちゃんとした公的な遺言を残しておけば、大丈夫だということは知っていた。

でも、私はもう、バイクに乗れないし、美香子に頼まないとなにもできない。美香子に、ちゃんとしておいた方がいいと、ずいぶん前から言っていた。忙しいからだろうが、美香子はなかなか動いてくれなかった。

ところが、いつだったか、美香子がわかったと言って、ようやく動いてくれた。どうも、優子と電話でなにか言い合いをしたような感じだった。私はそんなこと、どうでもいい。なにもないところでの相続となれば、宅地を分けろなんて言う者が出てきて、美香子が大変な思いをしないとも限らない。

美香子の車に乗せてもらって、公証役場というところに行ったんだ。私ひとりが、保証人となった専門家の人たちと役場の人の前で、私名義の財産はすべて美香子に譲ることと墓守も美香子に任せることを言ったんだった。この件が済んで、ほっとしたよ。良樹も優子も自分の子どもだから、少しは財産を残したい気持ちはもちろんある。でも、「すべて美香子に」としても、良樹や優子にも分ける分があるというから良かったよ。

ああ、そうだ。入院したこともあったなあ。美香子が救急車で運ばれたと言ったけど、なにも覚えていない。ただ、入院したこと、車椅子で動こうとしたら、看護婦さんが怒ったことは覚えている。美香子はしょっちゅう来てくれた。公明さんや貴明も来た。あのときばかりは、優子も来た。良樹も来た。美香子が連絡したのだろう。

年金を受け取る銀行ででも、もらったのかなあ。「後に残す人へのノート」というのがあった。書いてみた。連れ合いのお父ちゃんの名前、自分の親の名前は書いた。自分の子ども三人の名前も書いた。でも、その連れ合いと子どもの名前は、美香子以外は書く気になれない。ずうっと顔も見てないのだから、しかたない。美香子、公明さん、貴明だけは、しっかり書いた。葬式をどのように行うかなんてことも書いてあった。みんな「美香子にまかせる」と書いた。

もう九十歳だ。いつお迎えが来てもおかしくない。ここまで生きられたのは、美香子が世話してくれたからだ。美香子は、仕事をしながら子どもを育て、親の世話までしたのだから、大変だったろう。こうして私を見守ってきてくれたのは、子どもが三人いても、美香子だけだった。もう、みんなみんな、美香子にお任せだよ。

そういえば、お父ちゃんの最期を私といっしょに看取ったのは、たまたまだったけど、子どもが三人いても美香子だけだった。お父ちゃんがそう導いたのかもしれないね。

七　水仙

一

　施設で暮らすようになったのはいつからだろう。

　美香子によると、私が動けなくなって、救急車で病院に運ばれたらしい。けっこう時間をかけて検査して調べた結果、肋骨骨折だったと言うんだ。そういえば、家の庭で転んだことがあって、そのときに胸を打ったのかもしれないと思ったよ。いろんな科の先生が診て、ようやくどこが悪いのかがわかったらしい。そうして、コルセットみたいなのをして安静にするだけの治療だったので、動かないでいたから脚が弱って歩けなくなったんだって。だから、骨折が治ったらリハビリして、前のように歩けるようにして家に帰るものと思っていたんだと、美香子が言う。

　ところが、私がリハビリを「痛いから嫌だ」と言って、全然やろうとしなかったので、車椅子がないと生活できなくなってしまったのだと。病院の人から、働きながら家で面倒見るのは無理だと言われて、しかたなく、このようにしたのだと、美香子が言う。

そうだ。それで最初は、リハビリをやってくれる施設に入ったんだ。そこはフラワー・アレンジメントをやらせてくれた。私が生けたのはとてもよくできていると、施設のお祭りのときに受付に飾られた。でも、やっぱりリハビリは嫌だった。歩けなくなって弱っていっても、それでいいと思っていた。

美香子が毎日のように来ていた。日曜日には、貴明と公明さんも来た。貴明が私の車椅子を押して、大きなテーブルのあるところへ行って、四人で話した。貴明は背がずいぶん伸びた。自分の孫ながら、格好良くなった。背はもっと伸びるだろう。

貴明が来て、車椅子を押してくれると、なんかうれしくて、もっと生きたいと思う。そうして、こんなふうに話した。

「寿命ってのは、わからないんだよ。私だって、まだ生きるかもしれない」

その施設は、ずうっといることはできなくて、二泊で家に帰って、また戻るらしい。そこで、美香子の仕事の都合がつくときに、家に戻った。茶の間にベッドが据えられ、縁側から車椅子で外に出られるように、スロープとかいう坂道をつくる器具を置けるようにしたようだった。家にいる間に、私は、美香子といっしょに病院に行って、検査したりした。病院に行くにも、車椅子用の車を頼まなくてはならない。

ついに言った。

「美香子は私の世話ばかりで、なにもできないね」

「家にいるときくらい、親なんだから、当然だよ」

美香子はそう言った。そうして、また、施設に戻った。カラオケもあったけど、私は好きでない。テーブルに座って、ちぎった紙を貼りつけていくのはよくやった。私はやっぱり手先を動かすのが好きなんだと思ったよ。

私がリハビリを嫌がってしないからか、美香子は、別の、とくにリハビリをしない施設、老人ホームに移らないか、と言った。

「もう、お任せだよ」

普通は、入るのにけっこう待つらしいのに、一か月もたたないうちに入れた。美香子は仕事でいっしょにいなかったけど、その新しい施設の人が二人来て、私にいろいろ聞いた。家族は誰がいるかとか。なんだって答えられるさ。ただ、歩けないというだけなんだから。車椅子があれば、自分で動くことだってできるんだから。

新しい施設に移る日の前日に、美香子と貴明が来た。貴明は、テスト期間中で学校から早く帰ってきていたようだった。美香子は事務所で手続きがあるとかで、私は貴明と二人で話していた。貴明はいい子だ。学校の友だちの話をしてくれたように思うけど、忘れちゃった。貴明がそばにいるだけでうれしかったよ。

そういえば、優子も良樹も、一度くらいはこの施設に来たなあ。良樹は夫婦で来た。嫁さんの方はなにも話さず、座っているだけだ。あんなら、良樹ひとりで来ればいいのに。

二

新しい施設はひとり部屋で、部屋が明るい。美香子と公明さんが、小ぶりのタンスやテレビを持ってきてくれた。ティッシュやら、鉢植えの植木やらも運び入れてくれた。貴明の写真も持ってきてくれた。そうしたら、職員が壁に貼ってくれた。

少し立とうとして転ぶと、職員がやってくる。ベッドのところにマットレスが置かれて、邪魔くさい。寄せようとしたら、また転んで、職員に怒られた。そういうときは、聞こえないふりをしているんだ。トイレは、部屋の外にあって、車椅子でトイレの前まで行って、手すりにつかまって、ひとりで用を足せるようになった。でも、心配なのか、用を足したころを見はからって職員が来てパンツをはかせてくれる。

　この新しい施設に移って間もないころだった。美香子と公明さんは再度入籍して、公明さんも柿澤姓になったと、二人して報告に来た。その方がたしかにいいよ。美香子も少しは楽になるだろう。公明さんは、もう若くはないのに地元消防団に入ったとも言っていた。そういうことは嫌がる人かと思っていたが、ニコニコしながら美香子が私に話すのを聞いている。

　相変わらず美香子は毎日のように来る。こんなに来る家族はいないよ。美香子は、私だけでなく、他の人たちにもよく話しかけていた。台所みたいなところの前に大きなテーブルがあって、大きなテレビがあり、新聞も置いてある。ばあちゃん四人で、よくいっしょにいた。九十歳を超えた人は少ないようで、私はその四人のなかではいちばん年上だった。年齢《とし》より若そうだと言われたけど、とんでもない年寄りさ。

　美香子が、家にあった足こぎ運動器を持ち込んできた。椅子やベッドに座ったまま、ハンドルにつかまって自転車をこぐみたいに足を回すものだ。家にいたとき、美香子が私に運動させようとして買ったもので、ベッドに座ってやったことがあった。面倒くさくて、あまりやらなかった。夕方、美香子が来ると、部屋に入って、車椅子に座ったまま、この足こぎをやる。そうして、美香子が手のひらもみや、足のマッサージをしてくれる。ベッドに横になっているときは、腕や脚にクリームをつけてくれた。

美香子が来られない日に、貴明が学校が終わってから自転車で来て、足こぎ運動をやらせる。美香子に教わった、手のひらもみもやってくれる。貴明が来るのは楽しみだ。ほんとうに、いい子だ。

あれは五月のはじめだったろうか。美香子が散歩に連れだしてくれた。広い公園みたいなところだった。美香子が車椅子を押して、木に囲まれたところを歩いた。歩いたといっても、美香子が車椅子を押し続けるのだから、美香子は大変だったろう。でも、外の空気は気持ち良かったなあ。

久しぶりに、いろんな花も見たなあ。躑躅《つつじ》がきれいだった。家にも白や朱色の躑躅がたくさん咲いているはずだ。躑躅は足を止めて見たくなるほどきれいだから「あしへん」の漢字なんだと、たしかあんちゃんが教えてくれたんだった。

あの老人ホーム生活は、けっこう長かったように思う。優子も何回か来た。私が昼寝していたときに来たのか、枕元に花の飾り物が置いてあったこともある。

良樹は二か月に一度くらいは来たかなあ。実家の甥の勇も夫婦で来てくれた。他の甥や姪たちも来てくれた。

さほど、ぼけてしまったわけじゃないと思うが、記憶にない期間があるんだ。気がついたら、ベッドに横になるばかりの生活になっていた。いつも置いてあった車椅子もなくなっていた。

美香子によると、私が急に食べなくなったので、施設の担当医と相談して、入院のうえ、腹に特別の口をつくったのだという。記憶のないのはそのときのことかなあ。

あるときから、はじめて見るお兄さんがやってきて、私に話しかけてくれて、ベッドに寝たまま、右向いたり左向いたりしながら身体を少しずつ動かす練習をするようになった。ちょっと楽しかったよ。お兄さんが「朝はなにを食べましたか」と聞いたことがあった。腹も減らないし、なにも食べていないけど、「ご飯と味噌汁」って言ってやったよ。

いつの間にか、がっちりした車椅子が、部屋に置かれるようになっていた。それに二人がかりで私を乗せてくれ、自分の部屋にいるだけじゃなくて、大きなテーブルのある部屋で、また、他の人といっしょに過ごすことができるようになった。少しメンバーが変わったようだ。もの静かで上品そうなばあちゃんに代わって、妙に小うるさいばあちゃんがいた。トイレから出て、お尻を出したままでいて、職員さんがあわててパンツとズボンをあげていた。

そんなふうに自分の部屋で寝たり、みんなといっしょに過ごしたりする毎日だった。美香子は毎日のように来ていた。

ところが、変な風邪が流行ってきたとかで、面会が禁止になった。私の身体を動かしてくれるお兄さんも来なくなった。

そうしたら、美香子は、私に手紙を届けるようになった。半紙一枚に筆で書いた手紙だ。毎日毎日、「娘さんから手紙が届きましたよ」と言って、職員がわたしてくれる。私は少しずつ気力が出てきた。美香子の手紙は、職員が壁に透明のしっかりした袋を貼り付けて、そこに差し込むようにしてくれた。

職員が「娘さんの手紙を声に出して読んでみて」と言うから、声に出して読んだよ。

お母ちゃんへ　二月六日
今日は春のような天気です。こんな日、車いすを押して散歩に出られたらいいのにね。今はコロナで会うこともできない。もう少しがまんしてね。元気でいてね。

美香子

貴明はどうしているかなあ。もう高校三年生かな。大学はどうするんだろう。貴明に会いたいなあ。

三

九十五歳になって間もないころだ。気づいたら病院にいた。壁も天井も真っ白で、周囲がカーテンで仕切られている。私は老人ホームにいたはずだ。いつの間に病院に連れて来られたんだろう。あっ、そうだ。看護婦さんが、いつものように指になにかはさんで、それから妙に慌てたようだった。ピーポーピーポーという救急車の音をかすかに覚えている。私は救急車で病院に運ばれたんだ。

美香子が来た。病室の入口で手を振った。私も手をあげた。家に帰りたいなあ。知らぬ間に連れまわされるようで、もう嫌だ。早くお迎えに来てほしい。こんなに長生きするはずじゃなかった。

入院した今も、美香子は変わらず毎日、私に手紙をよこす。あるとき、看護婦さんが来て、言った。

「娘さんとお孫さんが面会に来ましたよ」

小さなテレビに二人が映っていた。なにかしゃべっている。私は言った。

「もうどうでもいいよ」

どうして家に帰れないんだ。人間は年をとれば寝たきりになるし、おむつをすることにもなる。そうやって、みんなみんな家で死んできたんだ。こんなふうに入院してまで、生きたくないよ。

それでも、毎日、美香子が手紙をよこし、看護婦さんがわたしてくれると、もう少し生きていたいなあ、貴明に会いたいなあ、と思っちゃうんだ。

あれっ、美香子の手紙に、家で過ごすようにしようって書いてある。

お母ちゃんが家で過ごせるように、今、いろいろ準備しているからね。いっしょに家で暮らしていこうね。楽しみにしていてね。元気でいてね。

美香子

私は家に帰れるのか。ほんとうかなあ。ほんとうならうれしいなあ。

ああ、家に帰った。出窓のある茶の間にベッドや車椅子が置いてあった。ベッドは南側が頭になるように置かれていた。夕方には看護婦さんが来て、美香子に、いろいろ教えている。私のお腹の口からの食事方法や、薬の飲ませ方を教えているようだった。飲むといっても、本当の口からでなく、お腹の口で飲んだり食べたりするものを入れるのだから、やり方があるようだった。美香子は覚えがいいと褒められていた。

貴明と公明さんの二人が並んで立ったとき、私は思わず言った。

「貴明も背が高くなったと思ったけど、父ちゃんはもっとでかいんだ」

車椅子に座って縁側から外を眺めると、緑がいっぱいだ。家はいいなあ。白や黄色の水仙がたくさん咲いている。スズランもある。もうすぐチューリップも咲く。

貴明は大学進学が決まって、四月には家を出て、神奈川県でひとり暮らしをするらしい。貴明のいない家はつまんないなあ。でも、若いときには家を出て暮らした方がいいんだ。

家での生活は、老人ホームに入る前に戻ったようだ。以前通っていた施設の車がお迎えにきて、私は車椅子のまま車に乗って出かける。割り箸で植木鉢をつくって折紙の花を飾る置きものを仕上げた。こういうのは得意だったのに、手が思うように動かない。職員がかなりやってくれて、できあがった。情けないなあ。なんだか、もう、自分が自分でないみたいだ。家に帰ると、美香子が「どうだった」と聞いた。「容易じゃない」と答えたよ。別のところにも行って、ボール投げをしたりした。そうしてお風呂にも入ってくる。

施設に行かないで家にいるときは、朝と午後の二回、ヘルパーさんと言うらしいが、お姉さんが来て、美香子といっしょに私のおむつ交換をして、そうして身体も拭いてくれる。クリームもつけてくれる。

「サキさんはきれいな肌をしているね」

よくそう言われる。美香子も、楽しそうに話しながらいっしょにやってくれる。私のお腹の口に食事を入れるやり方も、美香子はひとりでできるようになったようで、もう看護婦さんもあまり来なくなった。

ああ、でも、疲れたなあ。施設も、もう行きたくない。でも、私が家にいれば、美香子は私につきっきりで、なにもできない。貴明の引っ越しのとき、公明さんがひと晩泊まりで、貴明の新しい住まいに行った。美香子も、ほんとうは、いっしょに行きたかっただろうな。でも、私の世話があるから、公明さんに任せたようだった。

美香子がよく世話してくれるし、施設に行けば、職員が親切にしてくれる。でも、もう疲れたよ。

あれ、また病院にいる。そうだ、救急車で運ばれたんだ。美香子がいっしょに救急車に乗り込んだのをうっすら覚えている。もう家に帰れたから、いつお迎えが来てもいいと思ったのに、私はまだ生きている。もう声を出す気力もなくなってきた。病院では死にたくないなあ。家に帰りたい。

ああ、また家に帰れた。良かった。美香子がいつもそばにいる。ときどき、のどがごろごろするからと、美香子が細い管を口の中に入れる。ちょっと痛いけど、少し楽になる。看護婦さんが来て、鼻に管を入れることもある。

今日は苦しい。お医者さんと看護婦さんが来たようだ。しばらくして鼻になにか入れられた。息をするのが楽になった。貴明が来た。優子と良樹も来て、美香子がなにか二人に話している。近くに住む甥や姪たちも来た。

夜、美香子が言った。

「今日は、お兄ちゃんもお姉ちゃんも来て良かったね。この家は私と公明さんがやっていくことでいいよねって言ったら、お兄ちゃんがすぐに、もちろんだ、そのつもりだったって言ったよ」

私はうれしくなって、思わず目を開いて笑ったよ。安心した。良樹はちゃんと私の気持ちがわかっていたんだ。これで心おきなくお父ちゃんのところに行ける。

犬の鳴き声がする。

お父ちゃんが、遠くで手を振っている。

「お父ちゃん、もうすぐ行くよ」

八　胡蝶蘭

一

　犬の鳴き声で、美香子は目が覚めた。ロクとナナが二匹して鳴いている。時計を見ると、夜中の三時前だ。こんな時間に鳴く犬たちではない。誰かいるのか。そう思って、美香子は起き出した。外へ出る前に、豆電球のついた母サキの部屋の戸を開けた。静かに眠っている。そうして、懐中電灯を持って玄関の鍵を開けて、犬のところへ行った。なにごとかあったようには思えなかった。犬たちに話しかけた。

「どうしたんだ。まだ夜なんだから、いい子で寝てるんだよ」

　そうして家のなかに入り、サキの体位交換をしようと、サキの部屋の電気をつけた。おむつ交換をして、体位交換のためにクッションの位置を変えた。サキの便は、黒い水様便が多く、美香子の心配の種だった。このときばかりは、わずかだったが、ごく普通の便と尿で、美香子はほっとした。体位交換をして、額に手を当てた。温かかった。穏やかな、幸せそうな顔で寝ていた。

しかし、なにかが美香子をつき動かした。脚のつけ根に手の指をあてた。脈がよくわかるところだと、看護師から聞いていたからだ。その脈が確認できなかった。

「お母ちゃん、お母ちゃん」

美香子は何度も母を呼んだ。反応がない。さらに呼び続けた。

二階から公明が下りてきた。公明がサキの鼻の穴に差し込んであった酸素の管を外した。そうして、顔を近づけて言った。

「息をしてないようだ」

公明がすぐにベッドの上に乗って心臓マッサージをはじめた。続いて、美香子も同じように両手を重ねてサキの胸にあてて、心臓マッサージをした。サキの表情は変わらなかった。

美香子が、訪問看護センターに電話した。

「母が息をしてないようなんです」

「これからすぐ行きます」

そうして、なじみの看護師が来てくれた。ティッシュペーパーをサキの口に当てて、息をしてないことを確認した。それから、訪問医師に電話してくれた。看護師が美香子に指示した。サキの身体をきれいにするから、その間に、サキに着せるものを用意するようにと。看護師は鼻に管を入れて、痰もとってくれた。入れ歯も入れてくれた。

美香子は、母サキが自分で仕立てて、あまり着ないままになっている色留袖があるはずだと、サキの和ダンスを探した。美香子は、この着物をサキの旅立ちの衣装にしようと、以前から決めていた。でも、どこにあるかまでは確認してなかったので、出すのに手間取った。

来てくれた看護師が和裁に詳しいことを、美香子は知っていた。看護師が、その色留袖を、母に着せてくれた。その前に、訪問診療担当の医師が来た。聴診器を当てたりして死亡を確認した。老衰という診断だった。

「六月十八日、午前四時二十八分です」

医師と看護師が帰ると、美香子は、貴明にラインで、良樹と優子にはメールで伝えた。

「ばあちゃん、危篤」

「母、危篤」

もう亡くなっているのに「危篤」と連絡したのは、美香子が、母サキから、まずは「危篤」と連絡するものだと聞いた記憶があったからだった。早朝なのに、貴明はすぐに折り返し電話してきた。「危篤」の意味がわからなかったと言うが、ただごとでないことは察したようだった。

美香子は、あらかじめ考えていた葬儀会社に連絡した。数年前にサキの実家の義理伯母が亡くなったときの葬祭場と同系列の葬儀会社だ。葬儀会社の人が早朝なのに来てくれて、見舞客が来た際の準備等をしてくれた。

母サキを床の間に寝かせてやりたいと、美香子は思った。二間続きの奥の部屋が床の間のある座敷という間取りは、サキがこだわったものだった。しかし、床の間の部屋は、サキが在宅だったときのままで、介護用ではない大きなベッドや化粧台、テレビ、衣装ケース等々が詰まっていた。

美香子と公明の二人で、奥の納戸に、ものを運んだ。その合間に、美香子は近場の親戚に母サキが亡くなったことを電話連絡。良樹と優子にも、亡くなったと伝えた。

貴明が始発電車で早々に帰ってきた。続いて良樹が来て、母の顔を包むようにして涙を流していた。本家からも夫婦で見舞いに来た。

美香子は九時になるのを待って、ケアマネージャーに電話。サキが亡くなった旨を伝え、介護用ベッドや車椅子をレンタル業者に引き取りに来てくれるよう連絡を頼んだ。レンタル業者から折り返し電話があり、昼ごろ引き取りに来てもらうことになった。

公明、美香子、貴明の三人でせっせと物を運び、掃除機をかけて、床の間の部屋を雑巾がけした。そうして、客用の布団を敷いて、白いシーツを敷いた。それが昼少し前だった。

葬儀会社の人が来た。サキをベッドから布団へと、防水シートごと、葬儀会社の人、公明、貴明の三人で運んだ。葬儀会社の人が「これは当家のものですか」と確認したうえで、防水シートごとサキを床の間に運んだ。美香子は、せっかく真っ白のシーツを敷いたのにと思ったが、なぜ防水シートごと布団に寝かせるのがいいのかは、すぐにわかった。葬儀会社の担当者が、ドライアイスをサキの身体の両側に置いたからだった。サキは、通夜のために葬祭会館に運ばれるまで、家に寝かせることにした。葬儀会社の担当者が尋ねた。

「通夜のときは誰か泊まりますか」

美香子は言った。

「いえ、通夜式まで家でいっしょに過ごしますから、通夜には葬祭会館で預かってもらうようにします」

するると、担当者が「では、私が泊まります」と言った。故人をひとりにさせないためにに、そして線香を絶やさないようにするために、葬儀会社の担当者がそこまでするのかと、美香子は驚いた。亡くなった日に、見舞い客が線香をあげに来ることから、小さなちゃぶ台を用意した。葬儀会社の担当者が白菊を一輪持って来てくれた。それを一輪挿しに生けて、ちゃぶ台のうえに置いた。コップに水を入れて供えるようにと言われたので、その通りにした。ご飯を丸くてんこ盛りにした飯茶碗に、箸をまっすぐに立てて供えることもした。

その後、担当者と、いろいろ段取りを相談した。日程を決めるには、火葬場と寺の住職双方との打ち合わせが必要だった。住職になかなか連絡が取れなかったために、美香子は車で直接寺に行ったりもした。担当者がようやく住職と連絡が取れて、通夜と告別式の日取りが決まった。担当者が、電話で火葬場とも連絡を取ってくれた。住職から、担当者を介して美香子への伝言もされた。

「戒名についての相談があるから、午後来るように」

棺も葬儀の仕方も、美香子は公明とともに一般的なものを選んだ。コロナ禍ゆえ、通夜ぶるまいはせずに、親族にだけ、返礼品とともに弁当を持ち帰らせるようにするのが一般的とのこと。葬儀の際の精進落としも、同様だった。

通常、農村地域ゆえか、亡くなった人がいると、隣保班の人たちが葬儀の手伝いをし、亡くなったその日に見舞いに来ることになっている。また、所属する地域自治会の人たちは、告別式の日に金一千円の香典を持参して、亡くなった人の自宅を訪ね、小さな遺影を前にして焼香するようにしてきている。その自宅に控えて、香典を預るのも隣保班の人たちである。サキはコロナ禍になってからの、自治会内のはじめての死者だった。

美香子は迷わず、自宅焼香は行わないこと、隣保班の方々の世話にならずに葬祭会館で葬儀をすることを決めた。美香子は、班長の家へ行って、どうしたいかを話した。家は戸を網戸にするから換気もできるので、夕方、見舞客が来ても大丈夫であること、自宅焼香はしないこと、香典の金一千円は、自治会長がまとめて、通夜か告別式のときに葬祭会館まで届けるようにしてもらえると助かる、と。

それから急いで寺に行って、住職の話を聞く。サキの戒名の案をいくつか提示され、どれにするかという相談だった。五つほど提案された。美香子は迷わず、そのうちのひとつを選んだ。そうそう見ないような縁起のいい漢字が三つも入っていたからだ。

住職がお布施の代金や、必要なことを書いたメモをわたしてくれた。美香子がそれを持って家に帰ると、良樹夫婦と優子夫婦が来ていた。優子は、危篤と聞いたときにはすぐ行くかどうか迷ったが、その後、亡くなったという知らせが入ったので、予定していた用事を済ませてから来たという。

美香子は、兄や姉とともに葬儀の段取りを決めねばならない。お寺で、四十九日法要の日取りの候補も言われてきていたので、それも決めねばならない。喪主は公明が務めること、そして納棺の儀、通夜、告別式の進め方を決めた。

そうしている間に、隣保班の人たちが見舞いに来た。普通であればお茶を出すのだが、コロナ禍ゆえ、冷えたペットボトルのお茶をひとりひとりにわたした。冷蔵庫から出して配るのは、優子と良樹の妻がやった。美香子は見舞客への対応をしていた。ケアマネージャーも、線香をあげに来た。

四十九日の日取りも決めた。夕方になり、薄暗くなってきたので、遺影を決めることも含めて、後のことはすべて美香子家族に任せて、良樹夫婦と優子夫婦は帰った。
美香子と公明、そして貴明の、怒涛のような一日が一段落した。

二

六月十九日、二十日、二十一日の三日間は、美香子にとって、ひと息つく日々となった。十八日以後、毎晩、北側を頭にして横になったサキの隣に布団を敷き、自分は南側を頭にしていっしょに寝た。美香子はそうしていてもサキに触れはしなかった。わざとそうしたのではない。サキは変わらず穏やかな顔をしていた。美香子が最後にサキの身体に触れたのは、息を引き取ったとほぼ同時か、その直後。生きているときと同じように温かいサキの身体。その感触が美香子の心身に残り続けていた。

その三日間に、次のことがらをすることになっていた。サキの遺影を決めること、思い出の写真と品々を探し出しておくこと、棺にサキといっしょに入れるものをそろえること、葬儀の際に、司会者が語ってくれるという母サキの思い出を、項目に従って書き込むこと。葬儀会社の担当者が、ドライアイスの交換に毎日一定時刻に来てくれるので、わからないことがあれば、そのときに確認した。美香子は、貴明の黒いネクタイと黒い靴下を買うこともした。

遺影とする写真は、美香子と公明の二人で選んだ。二人で選んだその写真は、最晩年の、老人ホームで撮ってくれた、おだやかに微笑むサキの写真だった。ピンクのブラウスに紺のベスト、淡い紫色のショールをしている。背景は今のデジタル技術で消すことができるとのことだった。その写真は、サキが、美香子たちを優しく見守ってくれているように思えた。遺影を納める額は、大きさも形も、可能な限り父の遺影の額に近いものにしてくれるよう頼んだ。

葬祭会館のホールに飾ってくれるという思い出の品々を選ぶ際にも、サキの実家の義理伯母の葬儀をイメージして選んだ。その義理伯母は百歳まで生きたので、内閣総理大臣からの長寿を祝う賞状が飾られていた。

サキの賞状もなにか飾りたいと美香子は思った。家に、美香子がもらってきた賞状と、小学校から高校を卒業するまでの通信簿をまとめて入れた箱がある。そこに、サキの通信簿や子ども時代からの賞状も入っている。おそらく、良樹や優子のものも入っていたが、結婚して家を出るときに持たせたのだろう。二人の分はない。その代わりに、公明の通信簿がやはりまとめて入っている。公明の母親が、結婚したとき持たせてくれたのだ。

サキが結婚する前のものだから旧姓になっていたが、美香子は、その箱から二つ取り出した。写真を選ぶべく、家族の古いアルバムを出して、何枚か選んだ。どうしても多いのは、貴明とサキの二人の写真と、貴明の種々の祝いに関する写真だった。優子の子どもたちと撮った写真があったので、それも取り出した。良樹の子どもの写真は一枚もなかった。美香子がまだまだ幼かったころの、家族五人を日光華厳の滝を背景にして撮った写真があったので、それも取り出した。貴明の祝いの写真のなかでも、今は亡き、公明の父親もいっしょに写っているものは迷わず取り出した。サキは器用で、いろいろな作品を残している。そこで、刺子、七宝焼き、自作短歌を毛筆で書いた短冊を並べてもらうことにした。

棺には、美香子がサキに届けた数百枚の半紙状の手紙の束、貴明の写真、亡き父への土産としての、小さな紙パック入り日本酒は、迷わず用意した。良樹と優子を想わせるものも入れたいと、美香子は探した。優子のものは、手づくりのパッチワークの小物入れがあったので、それを入れた。良樹のものは、適切なものがなにもない。良樹が母サキになにもあげなかったわけではないのだが、棺に入れられるものはなにもなかった。しかたなく、珍しく良樹が、母が亡くなった日に持参した和菓子をひとつ入れた。

このような葬儀に必要なものを探しているときに、美香子はサキのエンディングノートを見つけた。いつの間にこういうものを書いておいたのだろうと思いながら、美香子はページをめくった。

自分の父母の名前、夫と子ども三人の名前はしっかり書かれている。子どもの連れ合いと子ども、つまり孫も書くようになっていた。その連れ合いと孫については、美香子のところにしか書かれていない。公明は柿澤姓でなく、旧姓の中村姓で書かれている。美香子夫婦がペーパー離婚をして、事実婚だったときに書かれたものなのだろう。良樹と優子のところは、連れ合いの名前も孫の名前も「忘れた」と記されている。

葬儀の仕方についても希望が書かれている。「家でやってほしい」といったん書いて、思い直したかのように、二本線で消されて「美香子にまかせる」と書き直されている。葬儀が自宅でなく葬祭会館で行われはじめたころに書かれたのだろうかと、美香子は推測した。

美香子がいちばん気にしていた、人生の最期をどのようにするかについても「美香子にまかせる」と記してあった。美香子はほっとした。美香子の判断で、延命治療にあたる胃ろう造設をしたからだった。

三

六月二十二日、午後四時。納棺の儀。

葬儀会社の担当者が、納棺師を車に乗せてやってきた。女性だった。すでに、良樹夫婦や優子夫婦だけでなく近場の親戚の人たちが家に来ていた。

納棺師は、サキの身体全体を再度清拭し、その間だけ客に席を外させた。真っ白な経帷子を着せて、そのうえに、美香子が母サキの死装束とした色留袖を着せた。美香子は、サキに触れてはいないが、死後数日たっているので身体が硬直しているだろうと想像していたが、特有の動かし方をさせるのか上手に着せてくれた。それから薄化粧を施した。サキは、まるで生きているように見えた。

それから棺に移して、白足袋を履かせ、孫杖を貴明が持たせた。そのうえに、美香子が準備しておいた棺に入れる品々を入れた。納棺師が言った。

「お酒パックだけ不釣り合いだと思ったけれど、お父ちゃんへのお土産か」

葬儀会社の担当者が、霊柩車でサキを迎えに来た。棺が霊柩車に納められ、他の人たちは、それぞれの車で葬祭会館に向かった。会館の入口ホールには、サキの思い出の品々がきれいに飾られていた。賞状は大きめのクリアファイルに納めて立てかけられていた。スライドのもとになった写真も、すべてがピンで留めて見られるようになっていた。葬儀会場では、サキの遺影が映し出され、続いて思い出の写真が次々と映し出されるようになっていた。生花は、親族からのもの以外では、公明と美香子の勤務する大学関係のものが目立って多かった。

午後六時から通夜。公明、美香子、貴明の三人は立礼者となって、弔問客に挨拶をする。コロナ禍ゆえ、親族以外はホールでの焼香のみとなった。通夜は、会館の司会者のリードで滞りなく進み、最後に喪主となった公明の挨拶に続いて、美香子が母サキの最期の様子を伝えた。

告別式はその翌日の午前十一時から。前日と同じく、公明、美香子、貴明の三人が立礼者となるが、公明と美香子は、知っている弔問者が来れば話をするから、貴明はその場を持て余すことになった。告別式には、優子の息子と娘も来た。良樹の子どもたちは来なかった。告別式では、弔辞に代わって「お別れのことば」を、良樹に続いて貴明が語った。最後に、前日同様、喪主の挨拶。公明は涙声になっていた。続いて美香子が、父を看取ってから五十年余りになるが、こうして母を見送ることで、役目を無事に果たせたと語った。

棺のなかのサキに会葬者全員が花を敷き詰めて、蓋をして、バスのなかへ。バスに乗ってサキとともに火葬場に行ったのは、サキ家族の公明、美香子、貴明の他には、良樹夫婦と優子夫婦、そして公明の母親と、その母親をはるばる東京の青梅から車で連れて来た公明の兄夫婦の、十名のみだった。サキが焼かれている間に会食。焼き場に来なかった告別式参列者には、お膳と生花の束が、返礼品とともに配布されることになっていた。会食に際しての献杯の挨拶は良樹が行った。公明の母親が、よたよた歩いて、サキの遺影の前で言った。

「お母さんにご挨拶しなくちゃ」

貴明は、公明の母親である「青梅のばあちゃん」の隣に座っていた。公明の母親が食後に飲む薬を落とした。貴明は公明の義姉といっしょに落とした薬を探していた。

ほどなくして、焼き終わったから確認してほしいと、喪主の公明が呼ばれた。公明、美香子、貴明の三人で行くと、横になって骨だけになったサキがそこにいた。間もなく他の人たちも来たが、そのときには骨はまとめられていた。全員で、サキの骨を骨壺に納めた。

そうして、位牌、遺影、サキのお膳、骨壺とともに、火葬場に来た全員が、再びバスに乗って、葬祭会館に戻った。位牌、遺骨、遺影その他、サキを示すものとともに、公明、美香子、貴明の家族は自宅に戻った。

間もなく、葬儀会社の担当者と花屋が来て、祭壇をしつらえてくれた。三段になっていて、サキの遺影、骨壺と位牌、ろうそく立てや、線香立てなどもしつらえられた。生花も、喪主が供えた胡蝶蘭一対に加えて、ダルマ型の和花と洋花一対ずつが置かれて、みごとな祭壇となった。花瓶に生けられた花も一対供えられた。

九　菊

一

　告別式の日の夜、公明、美香子、貴明の三人は、サキの膳をつまみながら、ともに語った。美香子が言った。

「私は死んだばあちゃんと四晩いっしょに寝た。でも、死んだ人と思ったことはなかった」

　貴明が言った。

「要するに、死体ってことね。ぼくは、ばあちゃんは、年齢《とし》もいっていたから死ぬのはしょうがないと思っていたけれど、骸骨になった姿を見たとき、涙が出た。もう、いないんだなあと思った」

　三人の食卓に、かつては「ばあちゃん」がいて四人だったことを、改めて確認することになった。美香子は、貴明の言った「骸骨」をはじめて見たことに気づいた。「骸骨」を見るのは、喪主をはじめとするごく少数の者なのだと。火葬場で公明が確認のため呼ばれたとき、貴明はトイレに行っていた。そこで貴明を待って、美香子を含む三人で確認したのだった。他の人たちが来たときには、すでに「骸骨」は崩されていた。

翌朝、貴明は神奈川の家に戻った。コロナ禍ゆえオンラインだったが、大学の授業に生ずる影響を最低限に抑えたいようだった。

相続に関して、母が公正証書遺言を作成したことを知っているのは、相続者となる良樹、優子、美香子の三人のうち美香子だけだった。可能なら、それを使わずに、話し合いで相続を済ませるようにしたいと、美香子は考えていた。しかし、良樹、優子それぞれとのやりとりを経て、美香子は、公正証書遺言を執行するしかないと判断した。二人とも、それについてはまだ考えたくない様子だった。優子はあからさまに美香子を責めた。

公正証書遺言があって良かったと、美香子は心から思った。兄と姉から何も言われなくても、逆にいろいろ言われても、対応は難しくなる。血圧が上がって父の二の舞になりかねなかったとさえ考えた。良樹も優子も、母の遺言に対しては何も言わなかった。だから、相続は、遺言執行人とされた行政書士の丁寧な対応のもと、スムーズに済んだ。

美香子は自分たち親子の使う分と、母サキが使う分を区分することなどしていなかった。デイサービスの費用も美香子の通帳から引き落としていた。だから、土地以外は適当に大目に見積もるのが精いっぱいだった。それについても、とくに問題にならなかった。

四十九日法要の準備に加えて、行政書士とのやり取りや、年金事務所や市役所、銀行に行ったりと、美香子は、母サキ亡き後にするべきことを淡々と進めた。同時に午後三時か四時くらいから、連日のように除草剤まきや草取りに励んだ。お盆前に庭をきれいにしたかった。元農家ゆえ、庭は広い。母サキが西側の草取りを終えると、草取りを済ませたはずの東側の草取りが必要になっていたのを、美香子は思い出していた。かつては、現在のように除草剤はあまり用いなかった。

美香子は介護休業が終わって、職場復帰していた。しかし、前期の授業担当を外れていたこと、コロナ禍ゆえにテレワークが推奨されていたことから、そうそう勤務先に赴かずに済んでいた。

新盆《あらぼん》には地域のしきたりに従って、隣保班の方々が一軒あたり金一千円を持って、線香をあげに来た。近場に住むサキの姪や甥たちも来た。優子夫婦も来た。良樹は来なかった。貴明は、コロナ禍ゆえ、自分が感染者の多い地域に住んでいることを考慮して、あえて来なかった。全国的に、お盆帰省が少ない年だった。

新盆で訪れた客の何人かが、庭がきれいだと言った。黄色や朱色の菊が早くも庭に咲きはじめていた。

二

九月の初彼岸に、良樹は今までと変わらず墓参りには来たようだった。花が供えてあるから、それで良樹が来たかどうかがわかる。母が「生きてる親がいるのに」とぼやいていたことを、美香子は思い出した。母が家にいなければ、兄が家に来ることはなおのことないだろうと思うと、これまでとは違った淋しさを感じた。

貴明には、盆と正月、春彼岸と秋彼岸には必ず帰ることを条件のひとつにして、ひとり暮らしに入らせた。しかし、コロナ禍が長引いたことから、彼岸の墓参りにも、あえて来させなかった。

夫婦だけの静かな時間が流れている。美香子は、四月から六月まで介護休業を取っていた。その間に、母サキが回復して、週に三日ほどデイケアやデイサービスに行ってくれ、家にいるときはヘルパーに来てもらえば、在宅介護も可能と美香子は見込んでいた。大学の教員は、授業や会議のないときは、テレワークが可能だからだ。だが、介護休業終了を待たずに母サキが亡くなった。

コロナ禍さえなければ、母サキはもっと生きられたと美香子は思った。胃ろう造設のため入院したとき、アルブミン値が極度に低いと、医師より言われた。要するに、栄養失調だと。だから、点滴によるアルブミン投与を行ってからの胃ろう造設となった。胃ろう造設後もアルブミンの投与は続いた。美香子は、サキが胃ろう造設の手術のために入院したとき、たとえ短時間でも、毎日、病院に見舞いに行っていた。皮膚が透き通るように膨れ上がっていた。浮腫《むくみ》の域を超えていた。そしてサキは寝るばかりだった。

なんとか浮腫が収まり、多少の会話もできるようになって、サキは特別養護老人ホームに戻った。美香子は、ほぼ毎日、老人ホームを訪ねた。美香子なりにいろいろ調べて、車椅子移乗とリハビリ・マッサージを老人ホームでやってもらえないものかと思った。そうして、ティルド式というがっちりした車椅子を自費でレンタルして、週に二度ほど移乗してもらうことにした。

また、このあたりの特別養護老人ホームでは例がないからと手間取ったが、リハビリ・マッサージを、治療院と契約して、週二回、施術してもらうことにした。リハビリ・マッサージでは、三十分ほど、男性施術師がサキに話しかけながらベッド上で四肢を動かす訓練をしてくれた。話しかけることがいいこととわかっていても、ホームの職員がひとりの入居者に三十分話しかけ続けるのは、実際には無理だろう。だから、こうして話しかけてくれるのも良かったと、美香子は思った。美香子は、都合がつく限り、リハビリ・マッサージの行われる時間に合わせてサキを訪ねるようにしていた。

サキは胃ろうを通しての経管栄養により、確実に回復してきた。ホームの看護師が、排尿の重さを測って、排尿の具合を見たうえで、尿バルーンを外してくれた。もちろん、おむつになっているけれど、話すこともできるし、ともに笑うこともできた。

事情が変わったのは、コロナ禍以後だった。面会禁止になっただけでなく、関係者以外の者はホーム内に入れないというホームの方針により、リハビリ・マッサージが中止になった。面会は、別棟で週一回くらいできていた時期もあったが、しだいにアクリル板越しになっていった。耳の遠いサキに、美香子の声は届かなかった。

それでも、令和二年四月ごろには、計算問題をやらせてみると、満点だったとホームの看護師から聞いた。リハビリ・マッサージを続けられたならどんなにか良かったろうと、美香子は思った。

コロナ禍でサキのところに行けなくなったことから、美香子は、はたと思いついた。手紙を書こう、それも、大きな字で短めの手紙がいいから、半紙に毛筆で、と。それを、六つに折って、封筒に入れて、サキ自身が開けられるようにセロハンテープで軽く封をして、毎日、受付に運んだ。封筒の表には、いつもこう書いた。

柿澤サキさま　　柿澤美香子

サキは、その手紙を受け取ると、まず、折り曲げて下着の内側に入れるようだった。文字通り肌身離さず、ということか。

長引くコロナ禍ゆえに、美香子は、家でサキを介護しようと決心した。肺炎で入院したのを機に、その入院中にホームを退所する諸手続きをした。続いて、家にレンタルベッドやネブライザー、車椅子等々を置くサキの居室を準備した。新しいケアマネージャーとの契約も進めた。それが三月だった。貴明の大学受験が終わり、無事に四月から大学生になれることがわかってからだったのも、気持ちのうえで幸いした。

美香子は、母サキを在宅にした経緯をこう振り返ると、もっと早く在宅にすれば良かったという後悔の気持ちも出てきた。

公明と二人だけの夕食時、サキのことに話が及ぶことはしばしばだ。もう少し生きていてほしかったと美香子が言う。公明が言った。

「もう十分やった。もう来いって呼ばれたんだよ」

美香子の目が潤んだ。

三

美香子は家の整理もはじめていた。サキは片付けが苦手だった。戦前以来のものがない時代を生きてきたからか、なにかに使えるかもしれないと思うようで、なんでもとっておく習性が身についていた。家を建てたときに残った材木や、古い鉄製の門扉もとってあった。美香子と公明の結婚後に建てた、物置と車庫を兼ねた納屋があり、そこがいろんなものをとっておく場所になっていた。公明もまた、処分するのが苦手で、場所があったからとはいえ、不要なものがたくさんあった。まずはそれらをそっくり片付けようと、美香子は、片づけ専門業者を頼んだ。いろんなものをただただ置いてあるところに、なにか必要なものもあるだろうと、整理していった。美香子が中学二年のときに学校でもらった立志式の祝いの楯や、算盤など子どもたちが使ったものも出てきた。

引き取り業者が、アルミで荷台を覆った二トントラックで来る前日の日曜日、夕方薄暗くなったころだった。

「ヒヒェー」

美香子が突然悲鳴をあげた。黒くて太い蛇がのっそりと、美香子の近くに現れたのだった。美香子が大きな声を出したからか、その黒蛇はゆったりと姿を消した。二階から公明が下りてきた。美香子が太い黒蛇がいたことを話すと、公明が南側の掃き出しの戸を少し開けた。他の戸をすべて閉めて、様子を見ることにした。美香子が、ベタベタした紙製の鼠捕りを置いた。その部屋はサキの最後の居室だった。

翌日、美香子は、夕方のウオーキングに出たとき、珍しく蛇を見た。それも二度も。

二匹とも、そう長くはなく、シュルシュルと素早く動いた。美香子が家で見た黒蛇は、太くて長そうだった。そして、実にゆったりと動いていた。あの黒蛇は自然界の蛇ではないように思われた。以後、黒蛇は現れていない。

興味深いことが生じた。黒蛇退治のために置いた鼠捕りのベタベタに小さな鼠が引っかかったのだ。それが、間をおいて三度あった。さらに、公明が仕事から帰った夕方、家に入るとすぐに「あー」と大きな声を出したことがあった。なんと、蛇がサキの居室だった部屋の南側から出てきたようだった。トングが玄関端にあったことから、公明はトングで蛇を捕らえて、いったん閉めた玄関の鍵を開けようとしていたところに、二階から美香子が下りていった。よく見る、シュルシュルと動く蛇だった。

在来工法で建てた家は、東日本大震災によりゆがみが生じたようで、鼠の侵入が相次いでいた。超音波の鼠退治器でしばらくはしのいだが、とうとうそれも効かなくなった。さらに、その鼠を狙ってか、蛇までが長押《なげし》に出て来た。そこで、業者を頼んで、外部から鼠や蛇が入らないような工事をした。それゆえにサキを在宅にすることもできた。鼠はもう出なくなったと思っていた。なのに、どうして鼠がベタベタに引っかかるのか。

業者の年に一度の点検の際、床下から蛇の抜け殻が見つかった。業者が「売れるほどのしっかりしたものですよ」と、持ちあげて見せた。美香子はその抜け殻を見ただけで悲鳴をあげた。公明に捕らえられた蛇のそれだろう。蛇の抜け殻は縁起物で、それを見た人にもいいことが訪れると言われるそうで、妻が妊娠中というその業者は喜んでいた。家の土台部分の風通しから、小さな蛇が入り込んだのだろうと、その風通しを網でふさぐ処置をしてもらった。以後、蛇も鼠も出て来ていない。

あの黒蛇は、自分のものを処分されることを心配して登場した、サキの化身だったように美香子には思われた。処分に問題なしと判断したついでに、紛れ込んだ鼠を退治し、さらに守り神となって、床下で自分たちを見守ろうとしてくれたのではないかと。

令和四年の正月。喪中ゆえに正月行事は一切しなかった。コロナ禍が落ち着いてきたことから、貴明が帰ってきた。家族三人の生活。その背後にサキがいる。

美香子が、黒蛇を見たことを改めて話すと、貴明が言った。

「ばあちゃんが死んだって聞いたとき、死ぬってどういうことかわからなくて、調べたんだ。神道では、死んでも、家の守り神のようになって、家にずうっと居続けるらしいよ。でも、母ちゃんが見た黒蛇は、ちょっと不思議だね。蛇は家の守り神とも言うらしいけど、そんなゆったり動く蛇、いるのかな。母ちゃんの幻視じゃないの」

公明はなにも言わなかった。美香子が、あのゆったりした黒蛇を見た証拠は美香子の悲鳴しかない。公明はたしかにそれを聞いたが、見たわけではない。「幻視」と言われれば、それを否定する根拠はない。でも、たしかに見たのだと、美香子は思った。

人が死ぬって、どういうことなのだろうと、美香子も考えていた。すでに、葬儀も納骨を兼ねた四十九日法要も終わった。新盆、初彼岸も終わった。でも、そう簡単に、人は、あの世に行かないのではないかとも思った。

生きものの世界は不可思議に満ちている。黒蛇もそうだが、やはり彼岸が明けたころから、犬たちに変化が生じた。有能な番犬だったロクが、ひどいわがまま犬になってしまった。早朝、暗いうちから散歩とエサを要求して激しく鳴く。つられてナナも鳴く。

ロクの目に腫瘍らしきものができていた。それを見つけたのは貴明だった。正月休診が明けるのを待って動物病院に連れていくと、腎機能がひどく弱っているという。このままでは死んでしまうと。ロクは投薬治療により、ある程度腎機能を回復させてから腫瘍の摘出手術。ナナもどことなく元気がないので診てもらうと、心臓が悪いとのことで、やはり投薬治療。二匹とも、十四歳、十三歳という高齢犬だ。この犬たちは、サキが息を引き取る際に、その瞬間を教えるという、人知を超えた働きをした。まるで、サキ亡き後、今度は自分たちを世話してくれと、言わんばかりだ。

十　梅

一

お母ちゃん、とうとう逝っちゃったね。

三月に入院先の病院から家に戻って、デイサービスに行ったり、デイケアに行ったりしていた。車椅子に乗って縁側に出ると、外を眺めながら、「みーこ」と大きな声で私を呼んで、お母ちゃんが外へ出るためのスロープが折りたたんで置いてあるのを指さして、「あれはなんだ」と聞いていたね。自分が家にいたときと少しでも違うところがあると、気になったのかなあ。

お母ちゃん、うれしそうだった。もっと早く家に戻るようにして、私がお世話するようにできると良かったね。コロナ禍以前は、授業が遅くまである月曜日を除いて、毎日のようにお母ちゃんのところに行っていたから、元気な様子を確認できたし、ホームの方がかえっていいと思っていたんだ。胃ろうを通しての経管栄養は、看護師さんがしっかり管理してくれるし、私が仕事を続けることは、お母ちゃんも望むところだろうと思っていた。

でも、コロナ禍で、会うことができないから、様子を直接知る機会がなくなってしまった。その間に入院があって、親が弱っていくのを遠くで見守るだけなんて嫌だ、ひどすぎると思った。そこで、介護休業を取ることにしたんだ。

大学教員の基本的な仕事は、授業が中心で、その他に会議や学生指導。それと研究活動。研究は、出張を除けば勤務先に行かずに家でもできるし、私は家を拠点にしてやってきた。だから、平日はいつも出勤するという生活ではなく過ごしてきた。

でも、授業も休みにして、お母ちゃんを家でお世話することを中心に考えようと思った。そこで、四月から六月まで介護休業をとった。お母ちゃんが以前のように、週に三日ぐらいデイサービスやデイケアに行けるようになれば、仕事を続けながらお母ちゃんのお世話もできると考えたんだ。

お母ちゃんが家に来て、一か月半ぐらいは順調だった。でも、だんだんお母ちゃんが元気なさそうになっていき、ついに発熱して、デイケアから帰された。急きょ、近くのかかりつけ医院の医師と看護師さんが来てくれて、パルスオキシメーターで血中酸素飽和度を測り、医師の判断で救急車を呼んでの緊急入院となった。

また入院。直接面会することができないから、また、手紙を毎日届けたね。手紙は病院の受付にわたすだけだったけれど、洗濯物を引き取ったり着替えを持っていったりしたときは、看護師さんが病棟から下りて来てくれるんだ。わざわざ時間を取らせて申し訳ないと思ったけれど、看護師さんから直接お母ちゃんの様子を聞けたのは良かった。ただ、「前回の入院時のようには話さなくなった」と聞き、心配だった。

医師の説明では、肺に水が溜まっているとのことだった。それでも、三週間ぐらいで、再び在宅になった。もう、デイケアもデイサービスも予定されなかった。訪問看護師に加えて訪問医師、訪問入浴の契約もした。そして、もちろんヘルパーも。

あのころ、お母ちゃんの周りはけっこうにぎやかだったね。私は話をするのが好きで、ヘルパーさんとも看護師さんともいろんな話をしていた。親を見ながら仕事をしている看護師さんが多いようだった。そういった自分の事情も語ってくれて、私はうれしかった。ヘルパーさんもそうだった。子どもが幼いときに夫に死なれて、苦労して子育てしてきたというヘルパーさんもいた。お母ちゃん、耳が遠くなっていたけれど、もしかしたら、こうした会話を聞いていたかもしれないね。

あるとき、訪問看護師さんが、こういう話は当人に聞こえるからと、別の部屋に私を誘って言ったんだ。「早く貴明君を呼んだ方がいい」と。コロナ禍ゆえに、神奈川で暮らす貴明を呼ぶのには抵抗があった。でも、看護師さんは、「そんなことを言っている場合ではない」と言う。「もう一日、二日」の場合もあると言うんだ。その後間もなく、訪問医師と看護師さんが来て、酸素吸入の手配をしてくれた。酸素吸入の機械が、医者と連携している別の会社からすぐに届けられて、お母ちゃんは、鼻の穴から酸素を吸入するようになった。そうしたら、だいぶん様子が落ち着いてきた。

その合間に、私は、貴明、お兄ちゃんとお姉ちゃん、続いてお母ちゃんの実家を継いでいる従兄の勇ちゃんや藤岡の従兄にも連絡した。勇ちゃんが、「一日、二日というからびっくりした」と、いち早く来てくれたよ。私がお母ちゃんの耳元で話しかけると、お母ちゃんは肯いたりしていた。勇ちゃんは、「ちゃんと通じるんだから、たいしたもんだ」と言いながらも、さすがに驚いたようだった。

続いて、貴明が来たんだよね。そのときは、お母ちゃんが酸素吸入をして落ち着いてきたときだった。貴明は、お母ちゃんに話しかけたりしたけれど、落ち着いてきたのを確認して、泊まらずに神奈川に帰った。

その次の日、お兄ちゃんとお姉ちゃんが来たね。お母ちゃんが、なんらかのお世話が必要になってから、十年余りになっていたけれど、その間に兄妹三人がいっしょになったのは、このときがはじめてだった。

その日の夜、私はお母ちゃんに言ったね。

「お兄ちゃんとお姉ちゃんも来て良かったね。お兄ちゃんがね、この家は私と公明さんがやっていくんでいいんだね、って言ったら、もちろんだ、そのつもりでいたって言ったよ」

そうしたら、お母ちゃん、「ほー」という感じの、微笑みながら口を尖らせたような顔をしたよ。お母ちゃん、お兄ちゃんが、そういうことをちゃんと承知していたってことがわかって、うれしかったんだね。

その次の日には、藤岡の従兄夫婦と従姉が来たよ。お母ちゃんが農作業の仕方を教えてくれたって、従兄の奥さんが言っていた。従姉は、成人式の着物をお母ちゃんが仕立ててくれたと言っていた。お母ちゃん、幸せそうに、そういった話を聞いていたよ。

お母ちゃんが逝ったのは、その次の日の夜が明ける前だった。お母ちゃん、とってもいい顔をしていたよ。どこか幸せそうな顔をしていたよ。私、あのときのお母ちゃんの顔を思い出すと、なぜか涙が出ちゃうんだよ。最期の旅立ちのお世話をしてくれた看護師さんが、「心臓がコトンと止まったのだろう」と言っていた。身体に浮腫《むくみ》もないし、苦しんだ様子もなかった。誰もがいつの日か迎える、命尽きるときだったんだよね。

その最期を迎える日々をお母ちゃんといっしょに過ごせたのは、私の心の宝物だよ。

二

お母ちゃんには「お腹にもうひとつの口をつくった」と話したけれど、それは胃ろうといってね、胃に直接、栄養剤を入れるものなんだ。お母ちゃんは食べることが大好きだったのに、たしか令和元年の初夏のころ、急に食べなくなったんだよ。口のなかにご飯を入れてやっても、くちゃくちゃするだけで、飲み込もうとしないんだ。そして、よく眠っていた。あのころは、連日のように夕方の食事介助に行ったよ。私が行けないときは貴明に行ってもらったよ。

食べなくなったときが、その人の自然な最期だと、暗にホームの看護師さんに言われたよ。でも、このままグーグー寝ていて終わっちゃうなんて、私には信じられなかった。それで、ちょっと騒いだというか、看護師さんに、どんな薬を飲んでいるのかと尋ねたんだ。そうしたら、カンファレンスを開いてくれた。カンファレンスというのは、ホームの入居者当人にかかわる医師、看護師、介護士、ケアマネージャー、生活相談員、そしてキーパーソンというんだけれど、家族のなかでも中心的にかかわる人が集まって、当人のこれからを話しあうこと。

お母ちゃんは、このときのカンファレンスで、ここ三か月の間に体重が急減しているからと、胃ろう造設を医師から勧められたんだ。これは延命治療のひとつで、これにより、食べられなくなっても栄養が身体にまわるから、相当に長生きすることもあるらしい。

「家族でよく相談して決定するように」と医師から言われて、そのカンファレンスは終わった。家族って、どこまでをいうんだろうね。いっしょに暮らしてきた者といえば、お母ちゃんの家族は、私、公明さん、貴明の三人。でも、たとえ家族でなくとも、お母ちゃんの子どもの考えは無視できないと思ったよ。だから、お兄ちゃんとお姉ちゃんに相談しようと、とりあえずメールで連絡したんだ。

お兄ちゃんは、すぐに私に任せると返信してきた。お姉ちゃんは、私からのメールがあったその次の日に、ひとりでホームを訪ねて昼食介助をしたようだった。私はそれをホームの介護士さんを通じて知った。私はお姉ちゃんがどう考えるかを聞かねばならない。でも、電話しても出ず。メールしても返信なし。判断を避けたいのだろうと思ったよ。そこで、私に任せるのかといろんな手を使って聞いて、「はい」とそれだけの返信を受け取った。

私はお母ちゃんの状況が変わるたびに、お兄ちゃんとお姉ちゃんに連絡してきた。そうするとお兄ちゃんは、自分は何もしないのに、上から目線で何か私に言ってきていた。いつまでも私を洟垂れチビスケと見ていたいのだろうと思っていたよ。お兄ちゃんが私の意思を尊重したのは、このときがはじめてだったように思う。

だから、お母ちゃんがまだ在宅で入院したとき、入院に必要な連帯保証人も、お兄ちゃんには頼まなかった。同じ埼玉県にいるといっても、お兄ちゃんの家には行ったこともないし、頭を下げて頼むのも、どこか筋が違うと思った。そこで、公明さんに相談したうえで、公明さんのお母さんになってもらったよ。

お母ちゃんが特養老人ホームに入所するときの緊急連絡先は、私、公明さん、そして貴明にしたよ。身元引受人が三人必要だった。それにはさすがに未成年の貴明にすることはできないと思って、従兄の勇ちゃんに頼みに行ったんだ。すぐに了承して判子を押してくれたよ。

お母ちゃんが、お兄ちゃんとお姉ちゃんのことを気にかけていたのはわかっていた。母親として当然だと思った。お母ちゃんが亡くなる前にきょうだい三人がお母ちゃんにいっしょに会えて、ほんとうに良かった。それが、お母ちゃんの望むところだったんだよね。私の最後の親孝行になったね。

話が戻るけれど、私は胃ろう造設を決めていた。胃ろうが延命治療だということは知っていた。念のため調べてみたところ、人工呼吸器の装着と人工透析も延命治療だってことがわかったよ。息をする、食べる、排泄する。この三つを、人工的に行うことをもって延命治療とするわけだね。なぜか心臓の働きを助けるペースメーカーの装着は、延命治療にはされていないようだった。胃ろうを造設しても、経口摂取というのだけれど、嚥下、つまり飲み込みの訓練によって普通に口から食べられるようになって、胃ろうを外すケースがあるということも知ったよ。

お母ちゃんは、胃ろうなんてものを知らなかったと思うし、延命治療など、考えもしなかったと思うよ。ただ、きちんと話していたわけではなかった。食が細くなっても、また持ち直すケースもあるようだけれど、お母ちゃんの場合、あまりにも急に食べなくなった。ホームでは、体力温存のためという理由で、食事のとき以外は寝かせるだけだった。寝ながら息を引き取るのが目に見えているようで、私は、このまま意思疎通もできぬまま逝かれるのは、どうしても受け入れられなかった。私の責任でお母ちゃんに胃ろうを造設したんだと、ある意味、覚悟もしたよ。

お母ちゃんは、体調が落ち着いてホームに戻っても、しばらくは寝てばかりだった。お母ちゃんがそういう状態だったけれど、十一月に、お父ちゃんとおじちゃんの五十回忌をやったんだよ。お母ちゃんが出席できないことはわかっていたけれど、お母ちゃんが執り行ったことにして、塔婆は「柿澤サキ」の名前にしてもらったよ。お母ちゃんはおじちゃんとお父ちゃんの五十回忌までやったんだから、すごいよ。

お父ちゃんの末の妹二人が八十代で、彼女たちにとって「田舎」の存在が大きいのはわかっていた。だから、その「田舎」である実家に来たいだろうし、墓参りもしたいだろうと思ったからね。呼んだのは、その二人とお兄ちゃん、お姉ちゃんだけ。お兄ちゃんは、「所用があり行けない」と言ってきた。お姉ちゃんはいつも夫婦で来るのにひとりで来た。お寺での法要の後、家で会食してから、お父ちゃんの妹二人と、二人を連れてきた従弟の三人が、私に案内されて、お母ちゃんを訪ねてホームに行ったんだよ。

その後、私が介護休業を取って、お母ちゃんが在宅になったときだった。お母ちゃんはデイサービスにも行っていたし、わりに元気だった。でも、再入院になってしまった。ケアマネージャーさんが病院と連携して計画を立ててくれたとはいえ、もっと家でゆっくり過ごすようにした方が良かったのかと、後悔もしたよ。

退院後はもっぱら私が家でお世話するようになったね。私も六十歳を過ぎているのだからと、介護離職も考えた。なのに、お母ちゃんは、私の介護休業が終わるのとほぼ同時に逝っちゃったね。

そしてその日は、お父ちゃんの命日から、ちょうど半年たった日だった。お母ちゃんはその日に逝くべくして逝ったんだと思うようにしたよ。それに、もっと長く生きたとしても、いずれその日は来るんだもんね。最後にお母ちゃんといっしょに過ごせて、良かったよ。お母ちゃん、とっても穏やかな旅立ちの顔だったし、お母ちゃんの温かい身体のぬくもりに触れられて、良かったよ。

月命日はお父ちゃんもお母ちゃんも同じ十八日だから、毎月十八日にはお墓参りをしているよ。そうして毎回、こう言っているよ。

「貴明の成長を見守っていて下さい。私たちが健康で長生きできるよう応援していて下さい」

三

お母ちゃんの年金証書を探していて、お母ちゃんが私に書いてくれた「遺書」を見つけたよ。そういえば、「これを持っていろ」と、お母ちゃんにわたされて、そのまましまい込んでいた記憶が、かすかにある。封をしたままで、中身は私への手紙と、「土地はすべて美香子に譲る」という内容の「遺言」だった。

記された年月日から、どうも、お母ちゃんが七十歳のときに書いたもののようだった。七十歳は、お母ちゃんの母ちゃんが死んだ歳なんだよね。自分の母親が死んだ歳を迎えて、私になにか言い残したい気持ちになったのだろうと思ったよ。

お母ちゃんは、それから二十五年も生きたからね。私への手紙に、「公明さんと仲良くやってね」「子どもができるといいね」とあって、思わず涙が出たよ。まだ貴明が生まれる前で、私が結婚して一、二年のころの手紙のようだった。

お母ちゃん、ありがとう。今、結婚してはじめて夫婦だけで暮らしているけれど、公明さんとは仲良くやれているよ。子どもも生まれて、その子ども、貴明は、もう大学生になってひとりで暮らしているよ。毎朝、公明さんと二人でお母ちゃんの微笑む写真を見ながら、お茶と線香をあげているよ。お母ちゃんは、今も私たちの心のなかに生きているよ。公明さんが、雪が降って寒いとき、犬小屋に「ばあちゃんがやっていたように藁を入れたらどうか」と言ったことがあるよ。

貴明だって、同じだよ。そういえば、貴明が高校生のとき、学校で撮った自分の生徒証の顔写真が「写真のじいちゃんに似ている」と言ったことがあるよ。写真でしか知らなくても、「じいちゃん」は貴明の心のなかにいるんだよ。お母ちゃんはともに過ごした「ばあちゃん」として、私たちと同じように貴明の心のなかに生き続けるよ。中学生のときだった。授業参観のとき、貴明が「ばあちゃんが畑をやっていたので……」と発言していたことがあったよ。

お母ちゃんが私に手紙を書いたころ、私の戸籍姓は、中村だった。でも、お母ちゃんは、姓にこだわらないでいたんだね。さらに子どもができるかどうかもわからないのに、私を跡継ぎにしようとしっかり決めていたんだね。「公明さんと仲良くやってね」というお母ちゃんのことば、心にしっかり刻んで生きていくよ。

人は必ず死ぬんだね。これは人間としての宿命だから、遅かれ早かれ誰にも訪れるんだよね。お母ちゃんから「介護離職はするな」と言われたような気もするよ。定年退職まであと二年余り。そこまでは、大学教員として、授業はもとより学生指導も研究もしっかりやるよ。勤め上げるよ。

私が奈良で大学生として生活していたとき、お母ちゃんは、野菜やら梅や柿やらを送ってくれたね。梅酒のつくり方まで手紙で知らせてくれたね。梅干をシソの葉でくるんだ絶品まで送ってくれたね。それをおすそ分けした先輩が、「見事だ。これは売れるよ」なんて言っていたよ。

実は、庭の畑を万能《マンノ》で耕して、ほんの少しだけれど、野菜をつくってみたんだよ。大根の種を蒔いて、収穫できたのだけれど、大きくならなくてね。貴明が「大根じゃなく小根だ」なんて言っていたよ。まさにその通りの出来だった。お母ちゃんがつくった立派な大根を知っているからこそ、こんなふうに言うんだろうと思ったよ。私は、少しずつでも野菜づくりをできるようにしようと思うよ。

お母ちゃんは、片付けが苦手というより、なんでもとっておきたがる人だったね。お母ちゃんのこまごましたものを片付けているとね、たとえばカレンダーの裏とか、うちわの裏とかに「死にたい」って書いてあるのを見るんだよ。はじめは悲しい気持ちになっていたけれど、だんだん、お母ちゃんは、ほんとうにそう思うときがあったんだなと、考えるようになったよ。

お母ちゃんは立派だよ。連れ合いに死なれてから、子どもたち三人を育てあげ、地域の役もやったし、友人もつくり、趣味の範囲も広げた。見方によっては、充実した人生を送ったように見えるよ。それでも「生きすぎた、早くお迎えに来てほしい」なんて思っていたのはなぜなんだろうと、私なりに考えたよ。

長寿者のあり方を示すものとして、孫や、ひ孫に囲まれた写真が新聞に載ることがあるよね。わが家はそういうふうにはならなかった。末っ子の私が結婚も出産も遅かったから、内孫の貴明が、お母ちゃんのひ孫に相当するような年齢だったもんね。お兄ちゃんやお姉ちゃんには、子どもだけでなく孫までいるけれど、私とお母ちゃんは、その子どもの結婚さえも、事後承諾か、知らされないままだった。お母ちゃんには、ひ孫もいるけれど、孫やひ孫が全員集まるなんてこと、考えられなかった。

私はね、長男がいるのに次女の私が跡継ぎになるのは大変なことだったんだなあって思ったよ。長男を跡継ぎにする慣習の根強さを、私なりに感じてきたんだ。息子の貴明が柿澤姓で育っていてもそうだった。お母ちゃんは、そういうところを超える感性を持っていたんだね。もっとも、自分を世話するのは良樹か美香子かという見方だったかな。いずれにしても、世の中はだんだん男だからとか女だからという社会ではなくなってきた。そう考えると、姓にこだわらなかったお母ちゃんは、先見の明を持っていたということだよ。私となら、お母ちゃんといっしょに、この「家」を立て直せると思ったんだね。

　私はお母ちゃんとともに生きる道を選んだんだ。「家」はお母ちゃんにくっついてきたものだった。私はそれで良かったと思っている。でも、お母ちゃんが精神的にぶれて、私たちに「この家を出ていけ」と言ったことがあったんだよね。あのとき親子で話しあったんだ。公明さんは「ばあちゃんはひとりでは生きていけない」と言って、家を出ることに反対したよ。貴明は小学生だった。「転校するのは嫌だ。ばあちゃんがいるとホッとする」と言ったよ。それで私は覚悟を決めたんだ。「なにがあろうと家族四人で生きよう」と。

私は、仕事も子育ても親のお世話もやってきた。それができたのは、公明さんが、男はこうで、女はこうあらねばならないみたいな価値観から自由だったことが大きいよ。家事もしっかり分担してくれるしね。もっとも、同職の夫婦共働きの生活ゆえに、公明さんがそういう男性になってきた面もあるかも。いずれにしても、一見物静かな人だけれど、「美香子が言うならそうする」なんて、妻の言う通りにするのではなく、自分の考えをしっかり持っている人だということ。それは人間として当然のことなのだけれど、どうも、何でも妻の言う通りにする男性は、私が知るだけでも案外いるようだよ。

それと、貴明が、お母ちゃんのいちばん良い面を、心身で受けとめていたことも大きいよ。つまり私は、夫と子どもに恵まれたおかげで、お母ちゃんとともに過ごして来られたんだ。

それと、たくさんの孫たちや、ひ孫たちに囲まれた高齢者というイメージは、少なくとも一般的とはいえないんじゃないかなあ。もちろん、そうあったらいいなって私も思うよ。でも、結婚しない人も増えているしね。孫やひ孫たちに囲まれた高齢者のイメージは、結婚して子どもを産めという政策意図を反映している面もあるんじゃゃないかと思うようになったよ。でも、お母ちゃんは、それを基準にして自分をみじめに思う面があったかもしれないね。

私はね、お母ちゃんからいろんな話を聞き、人生の終盤戦を伴走して、よくわかったことも教訓になったこともあるよ。よくわかったことは、人は必ず死ぬ、ということ。お母ちゃんの場合、心臓がコトンと止まったのだろうと看護師さんが言っていたから、ほんとうに寿命だったのだと思ったよ。

お母ちゃんをみじめに思わせる一因が私にあったとしても、私なりに精いっぱいやったうえでのこと。私が介護離職して、お母ちゃんのお世話に専念したとしても、良い結果にはならなかったと思う。お母ちゃんも私もどこか不満を残すことになったような気がする。問題は、お母ちゃんと私だけの問題じゃなかったんだよ。お母ちゃんの世代特有のものの見方もあったと思うし、それを超えるのは容易じゃなかったと思う。でも、私なりに教えてもらったことや教訓になったことがたくさんあるよ。

教訓になったことはね、まず、自分の脚で、できるだけ長く歩けるようでありたいということだよ。だから、意識的に身体を鍛えようとしているよ。でも、事故に遭わないとも限らないし、そうできるという保証はないよね。

もうひとつ。死ぬまで私らしくありたいと思ったよ。死にたいなんて思うことなく、なにかをやろうとする自分でありたいということ。それは、いわゆる趣味を持つことではなく、自分の内部からほとばしり出るものを持ち続けたいということ。お母ちゃんは、私に、そんな高齢者のイメージを抱かせてくれたよ。

そうだ。お母ちゃんが亡くなって、四十九日法要を迎える前だった。私の大学時代の友だちが、「美香子さん、お母さんが亡くなって気落ちしているだろう」って、はるばる高速道路を通って来てくれたんだよ。その友だちが、お母ちゃんの戒名を見て、立派だと驚いていたよ。家も大きくて立派だ、庭もとても広いと。元農家だから、庭の広い家はこのあたりには多いのだけれど、我が家の庭には大きな庭石も敷石も、さらに灯籠もあって、なかなか見栄えがする。二間続きのあるこの家のつくりにこだわったのも、石を据えたのも、お母ちゃんなんだよね。お母ちゃんは、この家の見た目を立派にしたし、それにもこだわったね。

寺の住職さんの勧めで、お母ちゃんの一周忌に、墓石があるだけの墓を改修することになっているよ。新しい墓誌に、私の曽祖父世代からの戒名と俗名、そして没年齢が刻まれるよ。最後がお母ちゃんの立派な戒名とともに、没年齢九十六歳と数え年で書かれるよ。ひときわ目立つ長寿者だよ。お母ちゃんは、長生きして、つぶれかかったこの家を見事に立て直した。というよりも、つくりあげたね。

お母ちゃんがこだわった「家」ってなんだろうって、よく考えるよ。私自身も、実は柿澤姓にこだわっていた。だから、お母ちゃんだけでなく私自身の問題でもあるんだ。土地も、建物としての家も、さらにはお墓も、あれば、次の世代に背負わせるものとなる。

今は、葬儀のあり方も多様だし、「家」を継続させることが大事だという意識も薄くなりつつある。「家」を継いだ者は、この問題を抱えた、ということなんだろうね。私は、お母ちゃんが立派にしたこの「家」が、昔から続いたものとして守られてほしいし、私自身はやっていく。でも、貴明に同じようにやれとは言えないし、言いたくない。貴明には、「家」に縛られることなく羽ばたいてほしい。ただ、もしも「家」が、ひとつのよりどころになるなら、そうあってほしいと願っている。

そう理屈では思いながらも、貴明の結婚式には、お母ちゃんとお父ちゃんの遺影を同席させたいと思っているんだ。たとえ写真であっても、内孫の結婚式にはいっしょに出ようね。お父ちゃんもいっしょにね。

お疲れさま

「幼かったころ、私はおばあちゃんにひっついていました。おばあちゃんのひざは、とてもあったかくて気持ちよかったです。いっしょにテレビを見たり、散歩に出かけたりすることもよくありました。おばあちゃんの部屋で、新聞紙を使ったゴミ箱のつくり方を教えてもらったこともありました。散歩の帰り道で、まだ身体の小さかった私自身がおばあちゃんの杖になったこともありました。おばあちゃん、長い人生、お疲れさま」

（告別式のときの貴明の「お別れのことば」より）

この物語はフィクションであり、実在する登場人物、事件、地域、企業、団体、雑誌、イベントなどと関係はありません。

現代では「看護師」「ひとり親」「ひとり親家族」と表現されるべきことがらを、主人公のサキの語りの部分では、サキが生きた時代に当然のごとく用いられていた言い方で表現したことも、ここで断わっておきます。

〈参考文献〉

板橋文夫・板橋孝幸『勤労青少年教育の終焉　学校教育と社会教育の狭間で』二〇〇七年、随想舎

北川辺顕彰会編集委員会『田中正造翁没後百年　語り継ぐ田中正造　正造翁と利島・川辺の先人たち』二〇一三年、田中正造翁北川辺顕彰会

小林千枝子『教育と自治の心性史―農村社会における教育・文化運動の研究―』一九九七年、藤原書店

橋本紀子・木村元・小林千枝子・中野新之祐編『青年の社会的自立と教育―高度成長期日本における地域・学校・家族―』二〇一一年、大月書店

山岸一平『死なば死ね殺さば殺せ―田中正造のもう一つの闘い―』一九七六年、講談社

著者プロフィール

小林 千枝子（こばやし ちえこ）

1955年、茨城県生まれ。1962年末より栃木県で育つ。お茶の水女子大学を経て、1984年同大学大学院博士課程単位取得満期退学。1997年、同大学にて博士（社会科学）の学位を受く。1984年より四国女子大学専任講師、助教授。1990年より2020年まで作新学院大学勤務。現在、同大学名誉教授。所属団体は、日本ペンクラブ、思想の科学研究会、日本農民文学会、日本教育学会、地域と教育の会、その他。
主著に『教育と自治の心性史』（藤原書店　1997年）、『「天の恵」騒動記』（文芸社　2004年）、『青年の社会的自立と教育』（共編著　大月書店　2011年）、『戦後日本の地域と教育』（学術出版会　2014年）、『到達度評価入門』（共著　昭和堂　2016年）、『母と娘の物語』（共著　文芸社　2019年）など。

裁ち板と土　昭和と平成をまるごと生きた一農婦の生涯

2023年10月15日　初版第１刷発行

著　者　小林 千枝子
発行者　瓜谷 綱延
発行所　株式会社文芸社
〒160-0022 東京都新宿区新宿1－10－1
電話 03-5369-3060（代表）
03-5369-2299（販売）

印刷所　株式会社暁印刷

ISBN978-4-286-24346-7